倉阪鬼一郎

開運わん市
新・人情料理わん屋

実業之日本社

実業之日本社文庫

開運わん市　新・人情料理わん屋　目次

開運わん市　新・人情料理わん屋

第一章　新たな年

一

江戸に新たな年が来た。

年が改まると淑気《しゅくき》が漂い、生まれ変わったような心持ちになるものだが、ことにその年はそうだった。

江戸には災いがつきものだ。大火があれば、地震もある。たちの悪いはやり病で多くの人が命を失うこともある。そのたびに、江戸の人々は涙をこらえて前を向いて立て直してきた。

昨年の秋、江戸を襲ったのは大あらしだった。

たくさんの家が大風で吹き倒され、高波が海沿いの町を呑みこんだ。親きょうだいを亡くして泣く人がずいぶん出てしまった。江戸の町は悲しみに包まれた。

そんな災いがあった翌年の正月だ。

今年こそ、この江戸の町で平穏な暮らしができますように。何も悪いことが起こりませんように。

そう祈らずにはいられなかった。


「お義兄《にい》さんがお祓《はら》いに来てくださるかと思ったんだけど、致し方ないわね」

わん屋のおかみのおみねがそう言って、雑煮の椀を置いた。

「神馬《しんめ》の浄雪《じょうせつ》はもう年だからな。西ヶ原《にしがはら》村からここまで来てもらうわけにもいかないよ」

あるじの真造《しんぞう》はそう答えると、雑煮の餅を口に運んだ。

通油町《とおりあぶらちょう》のわん屋に正月が来た。

この界隈《かいわい》には旅籠《はたご》が多い。ことに両国橋のほうへ進むと増えてくる。旅籠の泊まり客は外に出て食事をするから、おのずと料理屋も増える。

わん屋もそのなかの一軒だ。脇道に入った、ちょっと見過ごされそうなところに軒行灯が出ている。

数をかぎった中食《ちゅうじき》の膳に、旬の素材を活かした二幕目の酒の肴。どちらも味は折り紙付きだが、わん屋には一風変わったところがあった。江戸広しといえども、こんな見世《みせ》はまたとあるまい。

わん屋では、すべての料理が円い「わん」に盛られて供されるのだ。

木の椀も、陶器の碗も円い。

竹細工やぎやまんの器もことごとく円い。

それらが円い盆に載せて運ばれてくるから、客はときどき「目が回りそうだ」と半ばは戯《ざ》れ言《ごと》で言う。

わん屋の器がすべて円いのにはわけがあった。

(わん屋の料理をお客さまに召し上がっていただいて、世の中が円くおさまりますように……)

そんな願いがこめられていた。


「本当は兄さんに来てもらうのがいちばんだけど、無理も言えないからね」

真造はそう言って、さらに雑煮を食した。

「そりゃあ、浄雪にもしものことがあったら申し訳がないから」

おみねがうなずき、焼いた角餅を口中に投じた。

器はすべて円いが、雑煮に入れるのはよそと同じ角餅だ。上方《かみがた》は丸餅、江戸は角餅を用いる。

わん屋は休みだが、身内だけで食すおせちと雑煮だけはつくった。雑煮はすまし汁で、里芋や大根や人参、それにゆでた小松菜などが入っている。

「おとどしは円造《えんぞう》の安産祈願もあったから、わざわざ来てくれたけれど」

真造が言った。

長兄の真斎《しんさい》は、西ヶ原村の依那古《いなこ》神社の宮司をつとめている。八方除《よ》けの神社として地味ながら信仰を集めており、参拝客は関八州からやってくる。

三年前は真斎が真っ白な神馬の浄雪に乗って江戸の通油町まで来てくれた。神官は狩衣《かりぎぬ》姿だから、江戸の民はみな目を瞠《みは》ったものだ。

「そうねえ。子が育つのはあっという間ね」

小上がりの座敷で遊んでいる跡取り息子の円造を見て、おみねがしみじみと言った。

「ついこのあいだ生まれたような気がするがな」

真造が笑みを浮かべた。

「はいはい、よくできたね」

円造が声をかけたのは、茶運び人形の円太郎《えんたろう》だった。

おもかげ堂というなじみの見世につくってもらったからくり人形で、湯呑みを取ると向きを変えたりして巧みに動く。当時は数えだが、今年は満でも三つになる円造にとってみれば弟分のようなものだ。

「お雑煮余ってるけど、食べる?」

おみねが水を向けた。

「甘い人参?」

円造が問うた。

「うん、そうよ」

おみねが笑みを浮かべた。

わん屋が使っている人参は、土がいいのか甘みがあるというもっぱらの評判だ。

「食べる」

円造が手を挙げた。

当時の子はかなり大きくなるまで母の乳を呑んでいた。円造もそうだが、食い物屋の跡取り息子だけあってさまざまなものも口にする。

「なら、おとうがよそってやろう」

真造がさっと腰を上げた。

そのとき、声が響いて人がいくたりか入ってきた。

「あけましておめでたく存じます。今年もよしなに」

明るい声をかけたのは、近くの旅籠、的屋《まとや》のおかみのおさだだった。

二

「こちらこそ、よしなにお願いいたします」

おみねが笑顔で頭を下げた。

「さっそくですが、出前をお二人様分お願いしたいのですが、できますでしょうか」

的屋のおかみは申し訳なさそうにたずねた。

「見世はまだ休みなので、簡単な雑煮やおせちなどになってしまいますが」

円造の分の小ぶりの椀をおみねに渡してから、真造が答えた。

「軽いもので構わないということでしたので」

おさだが答えた。

「夕餉《ゆうげ》でしょうか」

　真造が問う。

「いえ、あと半刻《はんとき》（約一時間）くらいで頂戴できればと。おまきが里帰りしているので、取りに来させますから」

　旅籠のおかみが笑みを浮かべた。

「あら、おまきちゃんが里帰りを」

　と、おみね。

「ええ。去年はいろいろ大変でしたけど、今年は息災で行ければと」

　おさだが言った。

　的屋の看板娘だったおまきは、ぎやまん唐物処《からものどころ》の千鳥屋《ちどりや》の次男、幸吉《こうきち》と縁ができて夫婦になった。

　二人で宇田川橋《うだがわばし》の近くに出した出見世は本店をしのぐほどの繁盛ぶりだったが、折あしく大あらしと出水の被害を受けてしまった。

　二人の身は無事だったのが不幸中の幸いで、気を取り直して後片付けをし、かさ上げをして建て直して再開にこぎつけている。災いに遭ってもぐっと歯を食いしばって耐え、また一からやり直すのが江戸に暮らす者の心意気だ。

「今年はまたわん市で」

おみねが笑顔で言った。

「ええ。おまきも気を入れて売り子をするそうです」

おさだが答えた。

おまきがわん市で千鳥屋の品の売り子をつとめたことから、幸吉と縁ができて夫婦になったのだった。

「では、支度をしておきますので」

真造がそう答えて、さっそく厨《くりや》に向かった。

「どうかよしなにお願いいたします」

的屋のおかみがていねいに一礼した。

三

わん市はおおむね季節に一度、午《うま》の日に催される。

わん屋が普段使っている器がほうぼうの見世や職人のもとから持ち寄られ、一堂に会してあきなわれるのだから壮観だ。

場所は愛宕権現《あたごごんげん》裏の光輪寺《こうりんじ》という寺だ。住職の文祥《ぶんしょう》和尚が器道楽で、瀬戸物問屋の美濃屋《みのや》の上得意だったことから縁が生まれ、秘仏の御開帳に合わせて、季節ごとの初午の日に催されることになった。

細かい段取りはわん講で決める。こちらは毎月十五日で、わん屋の座敷を貸し切って行われる。言ってみれば、わん屋が肝煎《きもい》りのようなものだ。

「今年はことに『開運わん市』だからな」

的屋の出前の支度をしながら、真造が言った。

「そうそう、今年こそ世の中が円くおさまるようにという願いをこめた市にしないと」

おみねが言う。

ほどなく、また人の気配がした。

入ってきたのは、人情家主の善之助《ぜんのすけ》だった。

「今年もよしなに」

善之助が笑顔で言った。

「こちらこそ。今年はいい年にしたいと話をしていたところなんです」

おみねが笑みを返す。

「去年は大あらしで、わたしんとこも長屋が一軒つぶれてしまったけれど、みなそれぞれに建て直してきてるから偉いものだよ」

善之助が言った。

このあたりにいくつも長屋を持っている人情家主は、困っている者からは家賃を取らないことで知られている。そういう陰徳を積んでいる人物にも、災いは容赦なく襲ってきたのだった。

「さようですね。それぞれの荒波を乗り越えて、また漁に出ているようなものですから」

真造がしみじみと言った。

「その荒波を乗り切った一人の末松《すえまつ》がおっつけ来るよ」

善之助が伝えた。

「えっ、元日から屋台を出すんですか」

おみねが驚いたように問うた。

「いや、今日のところはあいさつだけで、何か仕込みの手伝いがあればっていう話で」

人情家主は温顔で答えた。

ますが」

「的屋さんの泊まり客もいるし、明日からなら出してもいいんじゃないかと思い

おせちの支度をしながら、真造が言った。

「そうだね。寒い時分には体の芯からあたたまるからね、おっきりこみおでんは」

善之助が笑みを浮かべた。

ほどなく、当の末松が姿を現した。

「昨年は本当にお世話になりました。本年もどうかよしなに」

若者がていねいに一礼した。

「こちらこそ、よしなに」

おみねが笑顔で答えた。

「いい顔をしているな。四日から中食の膳を始めるから、また手伝ってくれ」

真造が言った。

「はい。よろしゅうお願いいたします、師匠」

末松はそう言ってまた頭を下げた。

のれんを出しているわん屋のほかに、屋台のわん屋もあった。末松は屋台のほ

うのあるじだ。

去年の大あらしによる高波で、末松は父と兄を亡くした。その前に母と姉をはやり病で亡くしているから、いまは天涯孤独の身だ。

すっかり気落ちしていた末松だが、わん屋の心にしみるお助け椀で立ち直り、その縁のある食べ物をあきなうようになった。上州名物の幅広麵のおっきりこみと味のしみたおでんを合わせたおっきりこみおでんは、五臓六腑にしみわたるかのようだった。

人情家主の善之助が長屋を手配し、そこの竈《かまど》で屋台の支度ができるようになった。屋台は夕方からで、毎日四十食にかぎって出す。

昼間は料理の修業がてら、わん屋の厨に入る。中食の手伝いから、二幕目の凝った肴まで、末松はめきめきと腕を上げていた。

「なら、今日は川向こうへ初詣に行ってきますので」

末松が言った。

「いいわね。うちは明日出かけようと思ってるの」

おみねが笑みを浮かべた。

「そうかい。楽しみだな、円坊」

末松が円造に言った。

「うんっ」

わん屋の跡取り息子が元気よく答えたから、みな笑顔になった。

四

「はい、お待たせしました。お願いね、おまきちゃん」

おみねが笑顔で倹飩箱《けんどんばこ》を渡した。

「的屋の手伝いはお正月だけですから」

もとは看板娘だったおまきが笑みを浮かべて受け取る。

「おいらが持つよ」

千鳥屋の次男の幸吉が手を伸ばした。

「仲がおよろしいことで」

と、おみね。

「見世も建て直して調子が出てきたので、今年も気張ってやります」

千鳥屋の出見世のあるじがいい表情で言った。

「わん市ではお願いします」

真造が声をかけた。

「はい、こちらこそ」

「では、いただいていきます」

千鳥屋の若夫婦の声がそろった。

具だくさんの雑煮に、ささげがふんだんに入った赤飯。だし巻き玉子、数の子、慈姑《くわい》の煮物、昆布巻き、紅白蒲鉾、栗きんとん、田作り。

彩り豊かに塩梅《あんばい》よく盛りつけられたおせち料理だ。

器はもちろん円い。中でうまく仕切れば、円くても要領よく盛ることができる。

「なら、われわれも赤飯を」

真造が言った。

「そうね。円造はどうする？」

おみねがたずねた。

「赤飯はいい」

円造はそう答えると、また円太郎を動かしはじめた。

やわらかな甘藷粥《かんしょがゆ》のたぐいなら食すが、まだ硬い飯は口に合わないようだ。

「天気にもよるけれど、明日は富岡八幡宮へ初詣に行くからな」

真造はそう言うと、赤飯を口に運んだ。

「歩くの？」

わらべが問う。

「遠いからおとうが抱っこしてやるが、お詣《まい》りなどの勘どころは歩け」

真造は答えた。

「橋とかもね」

おみねも言う。

「うんっ」

円造は元気のいい返事をした。

五

正月の江戸の空を凧《たこ》が舞っている。

目を凝らすと、「寿」という字が見えた。

「ほんとに、今年はおめでたいことばかりあるといいわね」

おみねが瞬きをして言った。

「そうお願いしてきた」

真造は笑みを浮かべた。

すでに初詣は済ませた。江戸一の八幡様だけあって、大変な人出で、円造がぐずりかけたほどだが、お詣りが終わると機嫌が直ったようだ。

「おしるこは？」

真造に抱っこされた円造がたずねた。

「食べるか？」

真造が問う。

「うん」

わらべは元気よくうなずいた。

「なら、風も冷たいし、屋根のついた見世に入りましょう」

おみねが言った。

「そうだな。腕も痛くなるから、休んでから帰ろう」

真造は答えた。

さすがは江戸一の八幡宮、おまけに初詣客でにぎわう正月だ。すぐには入れなかったが、列に並んでほどなくして座敷に案内された。

真造とおみねは餅入り、円造にはわらべ向きのあられ入りのおしるこを頼んだ。

「ゆっくりできるのも今日までだな」

大入りの見世をながめて、真造が言った。

「明日は仕込みだけだけど、あさっての四日からはもう中食の膳が始まるんで」

と、おみね。

「七草粥をつくったら、すぐ十五日のわん講、そこでいろいろ相談をして、今年初めてのわん市だな」

真造が流れを示す。

「とにかく、今年はお正月から調子に乗って、いいことばかり続きますように」

おみねが軽く両手を合わせた。

「そのために、うちでは円い器ばかり使ってるんだからな。そうなってもらわないことには」

真造は思いをこめてうなずいた。

ほどなく、お汁粉が運ばれてきた。大人向けのは、わりかた量がある。

「おかあがふうふうしてあげるよ」

おみねが円造の椀を手に取った。

匙《さじ》ですくい、ふうふうと息を吹きかけ、さましてからわらべの口中に投じる。

それでもいくらか熱かったようで、円造は少し顔をしかめた。

「熱かったか」

真造が問う。

「うん、でも……」

円造はお汁粉を胃の腑に落とした。

「でも、なあに？」

母が先をうながす。

「甘くておいしい」

円造が元気よく言った。

「そうか、良かったな」

真造は笑みを浮かべた。

六

帰りは霊巌寺《れいがんじ》にもお参りし、小名木川《おなぎがわ》と竪川《たてかわ》を越えて両国橋に至った。

「ここまで来ればもう少しね」

おみねが言った。

「わん屋からはどちらから廻《まわ》っても歩くからな」

真造が答える。

行きは永代橋《えいたいばし》を通ったが、通油町から深川の八幡宮はいささか遠い。

「でも、歩いたよ」

父に抱っこされた円造が自慢げに言った。

「神社やお寺の中とかだけじゃない。おとうは腕が痛くなるほど抱っこしてるんだから」

おみねが言った。

「年々重くなるから、いずれはもっと歩いてもらわないと。……よし、このあたりで船でも見てな」

真造はそう言ってせがれを下ろした。

「うん」

円造はすぐさま橋に手をかけた。

「船が来たぞ」

真造は大川の上手《かみて》を指さした。

「荷を運んでるわね」

おみねが言う。

「ああやって、いろんな船が野菜や醬油などを運んでくれるから、うちのあきないが成り立つんだ」

真造が教えた。

「あきない？」

わらべが小首をかしげた。

「ちょっとまだむずかしいわね」

おみねが笑みを浮かべた。

「おまえが生まれ育ったわん屋は、料理を出すあきないをしている。お客さんにおいしいものを召し上がって笑顔になっていただいて、そのお代で暮らしている。

そういうあきないだ」

真造がかいつまんで教えた。

「みな円い器でお出しして、この世の中が円くなるようにっていう願いもこめてるの」

おみねが言葉を添えた。

「あきない……大事」

円造はわらべなりに呑みこんで言った。

「そう、大事だな」

真造は笑みを浮かべた。

「今年もまた気張ってやりましょう」

おみねも笑顔で言った。

「うんっ」

円造は元気よくうなずいた。

第二章　祝い膳

一

三日に仕込みを行い、四日から中食の膳を出すことになった。
わん屋の前には、こんな貼り紙が出た。

ことしもよろしくお願ひ致します
けふの中食
　新年祝ひ膳
赤飯、雑煮、焼き小鯛
黒豆、こぶまき、たつくり小鉢
四十食かぎり　四十文

「おっ、今日から中食だぜ」

「気がついてよかったな」

なじみの大工衆の声が響いてきた。

「よし、開けるか」

真造が小気味よく両手を打ち鳴らした。

「気張っていきましょう」

明るく答えると、おみねは座敷のほうを見た。

「お客さんがたくさん見えるよ。奥に入っといで」

座敷で円太郎を動かしていた円造に向かって、おみねは少し口早に言った。

「うん」

円造はあわててからくり人形とともに奥へ入った。

「では、お客さんをご案内します」

中食だけお運びを手伝っているおちさが笑みを浮かべた。

「お願いね。新年の初日だから落ち着いて」

おみねが笑顔で言った。

ほどなく、わん屋の前にのれんが掛けられた。

「お待たせいたします。中食、始めさせていただきます」

おみねの明るい声が響いた。

「おう、待ちかねたぜ」

「今年もよろしゅうにな」

なじみの大工衆がさっそくのれんをくぐってきた。

二

「やっぱりこの円い器を見ねえとな」

「わん屋に来た気がしねえや」

そろいの綿入れの半纏《はんてん》姿の大工衆が言った。

「それだと、器を食いにきたみてえだぜ」

「円い盆に円い器がいろいろ載ってるから、相変わらず目が回りそうだがよ」

よく一緒に仕事をしている左官衆が言った。

「いつもながらで相済みません」

ほかの客に膳を運びながら、おみねが言った。

「いつもながらがいちばんよ」

「そうそう、味もな」

大工の一人が笑みを浮かべた。

ぷっくりとしたささげがふんだんに入った赤飯に、焼いた角餅を入れた江戸の雑煮。里芋や大根や慈姑など、具だくさんの雑煮の上では削り節が控えめに踊っている。

「鯛はもう少し大きくてもいいがな」

「それだと、円い器も大きくしなきゃいけねえじゃねえか。盆に載りきらねえぜ」

「ああ、そうか。そいつぁ思案のほかだった」

大工衆がさえずる。

「よそさまと違うところを思案しなきゃいけないもので」

おみねが笑みを浮かべた。

大きな鯛を出したいのはやまやまだが、必ず円い器に盛るという決まりがわん屋にはある。場所を取る大皿を使うとほかの椀などが盆に載らなくなってしまうから、小鯛の焼き物が精一杯だった。

それと同じく、秋刀魚の塩焼きなどもむずかしい。秋の味覚の秋刀魚は、身を切って蒲焼きにしたりして工夫している。

穴子の一本揚げなども論外だ。それを盛るためにはとてつもなく大きな円皿が要り用になってしまう。

「まあ、思案するのも楽しみのうちで」

「器だけじゃなくて、味が円いのもわん屋の取り柄だからよ」

大工衆の一人が言った。

「そう言っていただけると、ありがたいです」

真造が厨から言った。

わん屋の造りは一風変わっている。

小上がりの座敷は存外に奥行きがあり、それなりの人数の宴もできる。そのほかに、厨の前に檜《ひのき》の一枚板の席がしつらえられている。言わば開き厨で、ここに陣取った客は料理人の手際を見てから料理を味わうことができた。

「そうそう、濃いめの味つけでも、とがってねえんだ、わん屋の料理は」

「肴の煮つけは生姜《しょうが》なんかでうまいこと臭みを抜いてるしよ」

今度は左官衆が言った。

そのとき、またいくたりか客が入ってきた。

「まあ、ご隠居さん、今年もどうかよろしゅうに」

おみねが笑顔で頭を下げた。

「まだあるかい、中食は」

そうたずねたのは、常連中の常連の七兵衛《しちべえ》だった。

通《とおり》二丁目の塗物問屋、大黒屋《だいこくや》の隠居で、わん講とわん市では肝煎りをつとめている。

「はい、ございます。こちらへどうぞ」

おみねが一枚板の席を手で示した。

「珍しく中食から来て、ここに座れるとは縁起がいいね」

「さようでございますね、旦那さま」

手代の巳之吉《みのきち》が笑みを浮かべた。

「新年の祝い膳でございます。今年もどうかよしなに」

真造はそう言って、大黒屋の主従に膳を出した。

「こちらこそ。すぐわん講があって、わん市の相談をしなきゃならないからね」

隠居が温顔で答えた。

「今年もおいしいものをたくさん頂戴したいです」

巳之吉が笑顔で言う。

「その代わり、円造ちゃんと遊んであげたり、いろいろつとめてもらうからね」

と、隠居。

「お安い御用です。いくらでもやらせていただきます」

気のいい手代が答えた。

客は次々にやってきた。

「今年もよろしゅうに」

お運びのおちさがいい声を響かせる。

「円い器で倖《しあわ》せを運びますので」

おみねが和す。

「わん屋の料理は食えば運がつくからよ」

「通ってりゃ無病息災だ」

なじみの職人衆が答えた。

「おう、うまかったぜ」

「今年も頼むな」

いち早く食事を終えた客が言った。

「ありがたく存じます。こちらこそよろしゅうに」

わん屋のおかみが一礼した。

新年早々から、わん屋の中食の膳はたちどころに売り切れた。

三

中食が終わると、短い中休みを経て二幕目に入る。

円い器に盛られたとりどりの肴と酒を楽しめるのがわん屋の二幕目だ。中食の厨は大車輪だが、ここではじっくりと凝った肴も出すことができる。

「いらっしゃいまし。……あっ、今年もよしなに」

入ってきた客の顔を見るなり、おみねが頭を下げた。

椀づくりの親方の太平《たへい》と真造の次兄の真次《しんじ》だ。

「おれらが皮切りかい」

親方がそう言って一枚板の席に座った。

「大黒屋のご隠居さんが中食にいらしたんですけど、年始廻りがあるからと」

おみねが答えた。

「正月は忙しいからな」

親方が笑みを浮かべた。

「今年もよろしゅうに、真造」

真次が言った。

「こちらこそ、兄さん」

真造が軽く頭を下げた。

元は宮大工の修業をしていたのだが親方とそりが合わず、椀づくりに転身した。こちらのほうは水が合っていたようで、いまやひとかどの職人だ。

木目が美しい椀は、もちろんわん屋でも重宝している。使いこめば使いこむほどに味が出てくる椀だ。

「お赤飯をまだお出しできますが」

おみねが訊いた。

「なら、食うぜ。あとは見繕って」

親方が答えた。

「では、自慢の椀を使った料理を」

真造はそう言うと、小気味よく手を動かしだした。

ややあって、鮮やかな木目の椀に盛られた料理が、赤飯と雑煮とともに供された。

「これは色鮮やかだね」

真次が言う。

「根菜の五色なますで」

わん屋のあるじが笑みを浮かべた。

蕪《かぶ》、人参、大根を厚めの短冊切りにして四半刻《しはんとき》（約三十分）ほど塩水につけて水気を絞る。芹《せり》はゆでて絞ってざく切りにする。

これを酢に味醂《みりん》と塩を加えたなます酢で和《あ》えまぜにする。仕上げに白胡麻を振れば、見てよし食べてよしの小粋な肴の出来上がりだ。

「椀が喜んでるぜ」

親方が渋く笑った。

「ありがたく存じます」

真造が笑みを返した。

ここでまた常連が入ってきた。

「おう、今年も頼むぜ」

そう言って右手を挙げたのは、御用組の大河内鍋之助《おおこうちなべのすけ》同心だった。

四

名が鍋之助だから鍋みたいな顔かと思いきや、錐之助《きりのすけ》と改めたほうがよさそうな面相で、あごがきりっととがっている。

うち見たところ、町方の隠密廻りのような動きをするが、実は職掌が違った。江戸の朱引きの中だけを縄張りとする町方と違って、影御用に携わる御用組は日の本じゅうが縄張りだ。悪党が跳梁《ちょうりょう》するところがあれば、津々浦々いずこへなりとも出張《でば》っていく。

捕り物の際には町方や火盗改方の力を借りるが、御用組そのものはいたって少数精鋭だった。

隠密同心の大河内鍋之助に、その上役の海津力三郎《かいづりきさぶろう》与力、忍びの末裔《まつえい》でつなぎ役をつとめる千之助《せんのすけ》。さらに、からくり人形を用いた尾行などを行うおもかげ堂のきょうだいも折にふれて力を貸していた。

ほかならぬわん屋も、御用組が打ち合わせにしばしば用いているから、もはや数のうちに入っているかもしれない。いずれにしても、世の安寧《あんねい》を保つために、人知れずつとめを行っているのが御用組だ。

「ちょいと紹介しよう」

大河内同心が身ぶりで示した。

わん屋に姿を現したのは、隠密同心だけではなかった。目元が涼やかな初顔の武家もいた。

「わが組に加わった新宮竜之進《しんぐうりゅうのしん》だ」

大河内同心が紹介した。

「新宮竜之進と申します。どうかよしなに」

若い武家が一礼した。

明るくよく通る声だ。

「わん屋のあるじの真造と申します」

真造が頭を下げた。

「おかみのおみねです。どうかよしなに」

おみねが笑みを浮かべた。

「名乗るほどの者じゃありませんが、椀づくりの太平で」

「その弟子で、真造の兄の真次で」

一枚板の席の先客も名乗りを挙げた。

「なら、ここでよかろう」

大河内同心が一枚板の席に腰を下ろした。

「はい」

新宮竜之進も続く。

「熱燗《あつかん》でよろしゅうございますか」

おみねが訊く。

「どうだ」

同心が新顔の剣士に問うた。

「冷えますから、熱燗で」

新宮竜之進が答えた。

ほどなく、支度が整った。

中食は済ませてきたので赤飯と雑煮はなしで、五色なますに加えて正月らしい田作りと慈姑の煮物を肴に出した。

「昆布巻きもお出ししますので」

真造が言った。

「縁起物ばかりだな」

大河内同心が笑みを浮かべた。

「海老と鱚《きす》の天麩羅も揚げましょう」

わん屋のあるじが答えた。

「ところで、新宮さまはこちらのほうで？」

おみねが剣を振り下ろすしぐさをした。

「分かるか、おかみ」

大河内同心がにやりと笑った。

「背筋がすっと伸びておられるので」

おみねが答えた。

「よく見ているな。しかし、それだけじゃねえんだ」

隠密同心は謎をかけるように言った。

「と言いますと？」

おみねは小首をかしげた。

「みな、何だと思う？」

大河内同心は先客にもたずねた。

「意外な裏の顔をお持ちなんですかい」

太平が思案顔で言った。

「ちょいと見当がつきませんな」

真次が首をひねる。

「あるじはどうだ」

同心は真造に問うた。

「実は、こちらも料理人だったとか」

わん屋のあるじが思いつきで言った。

「はは、そりゃ鋭いが、外れだな」

大河内同心は愉快そうに言った。

「まったく分からないので、そろそろ答えを」

おみねがうながした。

「そうだな。ふところに忍ばせたものを見せてやれ、竜之進」

隠密同心が言った。

「はい」

白い歯がまぶしい若者が手をふところに入れた。

そして、あまりもったいをつけずに取り出した。

新宮竜之進が取り出したもの、それは筮竹《ぜいちく》だった。

五

「易者をやられるので？」

おみねが目を瞠った。

「町に立ったりはしませんが」

新宮竜之進が白い歯を見せた。

「易者というと、白いあごひげをはやした爺さんが多いですがね」

椀づくりの親方が身ぶりをまじえる。

「竜之進はそういう家系に育ったので、若くしてもうひとかどの易者になってるんだ。御用組にとってみりゃ、占いも立ち回りもできる男が入るのは願ったり叶《かな》ったりだからな」

大河内同心は頼もしそうに言うと、田作りに箸を伸ばした。

「あっ、ただの笹竹じゃなくて、先がずいぶんとがってるんですね」

おみねが気づいて指さした。

「よく気づいたな、おかみ」

大河内同心がにやりと笑った。

「ここでは試しませんが、手裏剣としても使えます」

新宮竜之進が腕を振り下ろすしぐさをした。

「剣も飛び道具も使えるわけですね」

真造が感心の面持ちで言った。

「占いも含めて、武芸百般だ」

隠密同心がそう言ったとき、次の肴ができた。

「縁起物の昆布巻きでございます」

おみねが円皿に盛ったものを差し出した。

「よろ昆布（喜ぶ）だな」

同心が受け取った。

「身欠き鰊《にしん》をじっくりと煮ましたので」

真造が笑みを浮かべた。

「こりゃうまそうだ」

椀づくりの親方が身を乗り出した。

「いまもうひと品つくっています」

わん屋のあるじが言った。

「何だい、真造」

真次が問うた。

「それはできてのお楽しみで」

真造が笑みを浮かべた。

「円い皿に昆布巻きが並んでいると、いかにもおめでたい感じがしますね」

新宮竜之進がそう言って、昆布巻きを口中に投じた。

「ここへ通ってると、目が回りそうな料理がしょっちゅう出るからよ」

大河内同心が大仰に目をむいてみせたから、わん屋に和気が漂った。

ややあって、「もうひと品」ができあがった。

厚揚げの煮物だ。

身欠き鰊の煮汁に、だしを取った削り節を入れ、落し蓋をして厚揚げを煮る。こうすると、実に深い味わいになる。

「ああ、これもうめえ」

太平がうなった。

「来た甲斐《かい》があったよ」

真次が真造に言った。

「なら、ちょうど酒もなくなったし、これを食ったら仕事場に戻るか」

椀づくりの親方が言う。

「へい」

真次が答える。

「正月から仕事かい。大変だな」

大河内同心が労をねぎらった。

「納めの日取りは待ってくれませんので」

「戻ってひと気張りですよ」

椀づくりの二人がいい表情で答えた。

六

その後も客は次々にやってきた。

おちさは中食の膳運びが終わるとすぐ帰ったが、今度は兄の富松《とみまつ》が来た。竹箸づくりの職人だ。

同じ長屋で仲がいい丑之助《うしのすけ》も一緒だった。こちらは竹細工の器をつくっている。むろん、わん屋に納めているのは円い器だ。丑之助がつくる器はことに網代《あじろ》模様が美しく、使えば使うほどに深い色合いになっていく。

「こりゃあ初物で」

丑之助が風呂敷包みを渡した。

「まあ、ありがたく存じます」

おみねが受け取った。

「今年もおちさをよしなに。こき使ってやってくだせえ」

兄の富松が笑顔で言った。

「いつも助かってます。習いごともいろいろあって忙しいのに、気張ってくれて」

おみねが笑みを浮かべた。

「そろそろ嫁に行ってくれりゃ、親代わりのおいらもひと安心なんですがね」

と、富松。

「器量よしだから、そのうち良縁に恵まれるだろうよ」

大河内同心が言った。

「旦那にそう言っていただけりゃ安心で」

竹箸づくりの職人が答えた。

「そういう占いはやられないんですか」

次の肴をつくりながら、真造が控えめに新宮竜之進に問うた。

「占い？」

丑之助が首をかしげる。

「おれの新たな手下《てか》になった竜之進は、こう見えても易者でな」

隠密同心が手で示した。

「へえ、とてもそうは見えませんな」

丑之助が驚いたように言った。

「役者なら、なるほどと思うところだけど」

富松も言う。

水際立った男前で、所作にも色気があるから、役者になったらさぞや人気が出るだろう。

「ただ、易はここぞというときのみ行うようにしています。小出しにしていると、いざというときの力が弱まってしまいますから」

新宮竜之進が涼やかな目つきで言った。

「悪党を捕まえたりする、ここぞっていうときに働いてもらわにゃならねえから」

大河内同心が言った。

ここで次の肴ができた。

寒鮃《かんびらめ》のぱりぱり焼きだ。

刷毛で粉を薄くつけてから塩胡椒をし、平たい鍋で焼く。いくらか押さえつけるように皮がぱりぱりになるまで焼き、裏返して身にも火を通す。

「香ばしくておいしいですね」

新宮竜之進が白い歯を見せた。

「竹細工もそうですが、素材がいいときにゃ下手にこねくりまわさねえほうがいいんで」

丑之助が言う。

「盛られてる器は円いけど、わん屋の料理はまっすぐだからな。それでいて、細かい芸も入ってる」

大河内同心がそう言ったとき、のれんが開き、また二人の客が入ってきた。

「おう」

悠然と右手を挙げたのは、海津力三郎与力だった。

後ろには手下の千之助もいる。

これで御用組の役者がそろった。

七

御用組のかしらとも言うべき海津与力の登場に合わせたかのように、跡取り息子の円造が起きてきた。

例によって、機嫌よくからくり人形の円太郎を動かす。

初顔の新宮竜之進を紹介すると、円造はやや緊張気味に頭を下げていた。

ほどなく、隠密与力と千之助にも寒鮃のぱりぱり焼きが出た。

「茶が進む味ですな」

千之助が戯れ言めかして言った。

御用組のつなぎ役をつとめるこの男は、肌が人形のように白い。嘘《うそ》か真《まこと》か、忍びの血筋で、先祖は四鬼《よんき》を操って朝廷に反逆を試みた藤原千方《ふじわらのちかた》将軍だという。

その血筋のせいではあるまいが、まったくの下戸で、酒は一滴も呑めない。わん屋に来ても茶ばかりだ。

「うまい、のひと言」

海津与力が笑みを浮かべた。

豊かな髷《まげ》に堂々たる押し出し、さすがは御用組の大将という雰囲気だ。

「ありがたく存じます」

わん屋のあるじが一礼した。

「今年もうまいものをたくさん食わせてくれ」

隠密与力が言った。

「承知しました」

真造は笑みを浮かべた。

「ところで、例のやつの動きは？」

大河内同心がいくらか声を低くして問うた。

「例のやつと言いますと？」

次の肴を運んできたおみねが、耳ざとく聞きつけて問うた。

「正月早々から嫌な話だが、上方のほうから江戸へ剣呑な盗賊が流れてきているということでな、おかみ」

海津与力が答えた。

「まあ、物騒なことで」

おみねが眉根を寄せた。

「もう悪さをしてるんでしょうか」

真造が問うた。

「いや、まだ鳴りをひそめているようだ。やつしが巧妙なことで定評のある盗賊でな」

海津与力はそう答えて猪口の酒を呑み干した。

「そのうち網を絞りましょう」

大河内同心が言った。

「わたしはその盗賊の名を聞いておりませんが」

新宮竜之進が折り目正しく言った。

隠密与力は猪口を置き、いくらか芝居がかった口調で告げた。

「蝮《まむし》の大八《だいはち》」

第三章　一月のわん講

一

七日には七草粥の膳が出た。

お粥だけでは物足りないので、根菜の煮物をたっぷりつけた。揚げ出し豆腐と根深汁もある。わん屋の膳はその日もにぎやかだった。

七草が終わると、寒い時分にはありがたい中食が続いた。

大ぶりの海老天が入った鍋焼きうどんに茶飯をつけた中食は、ことに好評だった。

「食べでがあって、腹がふくれるな」

「何よりあったまるぜ」

「うどんもこしがあってうめえしよ」

揃いの半纏の大工衆はみな満足げだった。

鰤《ぶり》大根に具だくさんのけんちん汁をつけた膳も好評だった。脂ののった寒鰤に旬の大根、まさに冬の恵みの味だ。

豆腐田楽の中食もあった。平串を打って田楽味噌を塗り、しっかりと焦げ目がつくまで焼けば口福の味だ。

「これは焦げたところが香ばしくておいしいね」

近くに住む隠居が笑みを浮かべる。

「盛り方がよそと違いますがね」

そのつれが皿を指さした。

普通の田楽なら、横に細長い器に盛るところだが、わん屋にそのようなものはない。

そこで、円皿に水車のようなかたちで盛り付けていた。むろん、串のほうが手前だ。

「これはこれでおめでたい感じがするね。どれ、もう一本」

隠居がまた手を伸ばした。

武州名物の煮ぼうとうの膳も評判が良かった。醬油味で、葱《ねぎ》に里芋に牛蒡《ごぼう》に油揚げと具だくさんだ。

「とろみがついててうめえな」

「冬場はありがてえ」

なじみの左官衆は喜んで箸を動かしていた。

そんな調子で日が進み、早くも十五日になった。

わん屋の前に、こんな貼り紙が出た。

本日の中食
　ぶりてりやき膳
けんちん汁、小ばちつき
三十食かぎり　四十文

そのあとは、わん講のためかしきりです
相すみません
　　　　　　　　わん屋

二

わん講に出る者たちがだんだんに集まってきた。

座敷には囲炉裏がある。

料理はまだだが、暖を取れるそちらのほうから先に埋まっていった。

わん講の肝煎りである大黒屋の隠居の七兵衛がまず早めに姿を現した。

「手前はこちらに」

お付きの手代の巳之吉がいくらか離れたところに座った。お付き衆はかたまってまかない料理を食すのが習いになっているが、あるじたちと同じ料理を供されることもあった。

少し遅れて、住吉町《すみよしちょう》の瀬戸物問屋、美濃屋のあるじの正作《しょうさく》が顔を見せた。こちらのお付きはいつも笑顔の手代の信太《しんた》だ。

金杉橋《かなすぎばし》のぎやまん唐物処、千鳥屋の隠居の幸之助《こうのすけ》も来た。見世は長男の幸太郎《こうたろう》に譲り、次男の幸吉は宇田川橋に出見世を出している。

あきないは二人のせがれに任せたが、こういった寄り合いは年の功で隠居の幸之助が引き続き出ている。わん講には欠かせない顔だ。

お付きは手代の善造《ぜんぞう》だ。目がくりくりとした若者は、さっそくほかのお付き衆にまじって話を始めた。円造の遊び役もお付き衆のつとめだ。

「世話になります」

椀づくりの太平が姿を現した。

「久々でもないな」

次兄の真次が笑みを浮かべる。

「おいらだけまっすぐで相済まねえけれど」

おちさの兄の富松が軽く右手を挙げた。

竹箸づくりだから、一人だけ円くないが、おちさの兄ということもあり、わん市にも品を出している。

「こりゃあ、初仕事で。納めてくんな」

竹細工職人の丑之助が小ぶりの円い蒸籠《せいろ》を取り出した。

「お正月にも頂戴しましたが」

おみねがすまなそうに言った。

「ありゃあつくり置きで。こっちは初仕事だからよ。世話になってるから」

丑之助はそう言って蒸籠を渡した。

「ありがたく存じます。大事にします」

受け取ったおみねが頭を下げた。

「いい料理を盛りますので」

真造が白い歯を見せた。

ほどなく、盆づくりの松蔵《まつぞう》と、盥《たらい》づくりの一平《いっぺい》が連れ立ってやってきた。どうやらこの二人は仕事場が近いようだ。

「では、まだ冷えるので、まずは煮奴《にやっこ》鍋から」

おみねが鍋を運んできた。

囲炉裏に火が入る。

「あとからだんだん凝ったものが出るんだね」

七兵衛が笑みを浮かべた。

「いやいや、うちは器は円いけれど、料理はまっすぐなので」

真造が厨から言った。

「まっすぐがいちばんさ」

椀づくりの親方がそう言ったとき、最後の役者が姿を現した。

「ひと目でまっすぐじゃなさそうな人がお見えだよ」

大黒屋の隠居がそう言ったから、わん講の場に笑いがわいた。

しんがりに顔を見せたのは、戯作者の蔵臼錦《くらうすきん》之助《のすけ》だった。

三

「わん市までそう日数がないので、刷り物をつくらねばなりませんな」

かまわぬ模様を散らした派手な着物をまとった男が言った。

蔵臼錦之助は戯作者だ。本業の戯作ではこのところぱっとしないが、かわら版の文案づくりや商家の引き札づくりなどを幅広く手がけて糊口《ここう》をしのいでいる。わらべが泣き出すこともある異貌を活かして見世物の呼び込みまでやっているのだから、なんとも器用な御仁だ。

「また先生の流麗な筆でお願いしますよ」

七兵衛が筆を動かすしぐさをした。

「和尚さんも期待しておりました」

美濃屋のあるじが笑みを浮かべた。

わん市の舞台になっている光輪寺の住職の文祥和尚のことだ。もともと器道楽で、美濃屋の上得意だったところから、わん市の場を提供することになった。

「『開運わん市』でいくことは、去年から決まっておりましたから、あとはどのように目を引くものにするかですな」

蔵臼錦之助がそう言って煮奴を口中に投じた。

この御仁はいささか窮屈なところがあって、肉や魚や貝などの生《しょう》のものをいっさい口にしない。豆腐なら間違いがなかった。

「もともとお寺の秘仏の御開帳に合わせて催している市だからね。『開運』と名づけるのは屋上屋を架すようなものではあるんだが」

七兵衛が言った。

「そのあたりは、勢いってことでいいでしょう、ご隠居」

丑之助が軽く言った。

「なるほど、勢いか」

大黒屋の隠居が笑みを浮かべた。

「ならば、やつがれが勢いのある文案を思案しましょう」

蔵臼錦之助が請け合った。

ここで天麩羅が揚がった。

「お待たせいたしました」

おみねに加えて、あるじの真造も油紙を敷いた円い大皿を運ぶ。

「おお、こりゃ豪勢だ」

盆づくりの松蔵が身を乗り出した。

海老に鱚。人参の彩りが鮮やかなかき揚げもある。輪切りの甘藷もいい塩梅の黄金色に揚がっていた。

「いまつけ汁をお持ちしますが、塩だけでも召し上がってくださいまし」

真造が笑みを浮かべた。

「そちらには、いまお持ちしますから」

おみねがお付き衆に言った。

「ありがたく存じます」

「わあい」

「子守りやってますから」

お付き衆はにぎやかだ。

遊んでもらっている円造も機嫌よさそうな顔をしている。

「ところで、出水を免れた千鳥屋さんの縁起物が、このたびの開運わん市の顔ということでよろしいでしょうか。さっそく頭の中で文案を練りはじめようかと」

蔵臼錦之助が総髪の頭を指さした。

「ええ、まあ、それはかまわないのですが……」

千鳥屋の隠居は、いささか歯切れの悪い返事をした。

「品数があまりないという話で」

事情を知っている七兵衛が言った。

「そうなんです。出水に遭った宇田川橋の出見世で助かった品を縁起物として売らせていただくということで、一つずつせがれ夫婦とともに吟味してみたのですが、なかには欠けや傷が入っているものもありましてね」

幸之助はややあいまいな顔つきで言った。

「かえって箔《はく》がついていいんじゃないですかい?」

盆づくりの松蔵が言う。

「そうそう。いかにも大あらしを生き延びたっていう感じで」

盥づくりの一平が和した。

「女房からもそう言われたんですがねえ」

千鳥屋の隠居は座り直してから続けた。

「やはり、『千鳥屋の品』としてお売りするわけですから、欠けや傷のあるものは出すに忍びないんですよ」

幸之助はそう言うと、周りの様子を見てから鱈天に箸を伸ばした。

「それはよく分かります」

美濃屋のあるじの正作が言った。

「瀬戸物も傷や欠けがあったら台無しだからね」

と、七兵衛。

「ご隠居さんとこの塗物も、剝げてたりしたらのれんに傷がつきますから」

正作が言う。

「そりゃあ、売ることはできないね」

七兵衛の顔つきが引き締まった。

「なら、目玉になる品がほんの少ししかないわけか」

椀づくりの親方の太平が腕組みをした。

「では、開運と銘打つにはいささか弱いかもしれませんな」

蔵臼錦之助がそう言って、甘藷の天麩羅に箸を伸ばした。

「ならば……」

真次が何かに思い当たったような顔つきになった。

「何か思いついたかい」

親方が問う。

「縁起物が少ないのなら、霊験あらたかなお祓いをして、品数を増やせばどうかと思って」

真次は御幣を振るようなしぐさをした。

「ひょっとして、神官の兄さんに来てもらうとか」

厨から真造が問うた。

みな座敷に陣取ってしまったから一枚板の席はいまのところ空いている。わんこう講が進めば、そちらに移って呑み直すこともできる。

「そうそう、来てくれりゃいいんだが」

次兄の真次が答えた。

「真っ白な神馬に乗ってお祓いに来てくださったら上々吉だがね」

七兵衛が乗り気で言う。

「でも、神馬の浄雪がもう歳だからと、正月もお見えにならなかったくらいですから、どうでしょうか」

おみねが首をひねった。

「べつに馬に乗って来なくてもいいんじゃないですかい？　ご隠居」

丑之助が言った。

「神官さんが主役だから」

富松も言う。

「もし来ていただけるのなら、客の目の前でお祓いをやればようございましょう」

蔵臼錦之助が身ぶりをまじえる。

「なら、文を書いてみたらどうかしら、おまえさん」

おみねが水を向けた。

「そうだな。しかし、必ず来てもらえるとはかぎらないから」

真造は慎重に答えた。

「そのあたりは、駄目でもともとで」

美濃屋の正作が言った。

「もし神官さんの都合がつかなかったら、べつの出し物を思案しますか」

千鳥屋の幸之助が言う。

「邪気を祓うのなら、剣舞とかはどうですかい」

丑之助が妙な手つきをした。

「ああ、それはいいかも」

おみねがすぐさま言う。

「大河内の旦那でも、さまになるかもしれないね」

七兵衛が言った。

「旦那が紹介してた若いお武家さまはどうですかい」

富松が言う。

「ああ、男前だからちょうどいいかも」

わん屋で会ったことがある丑之助も和す。

「もし駄目だったら、柿崎《かきざき》さまでも」

おみねが言った。

柿崎隼人《はやと》はわん屋の常連の一人で、近くの道場の師範代から道場主になり、門人たちとともによくのれんをくぐってくれる。

「なら、剣舞の役者に不足はなさそうだね」

大黒屋の隠居がそう言ったとき、音もなく入ってきた者がいた。

忍びの末裔と言われる千之助だった。

四

「そりゃ、あきないがたきかもしれないね」

千之助から話を聞いた七兵衛が言った。

「去年の大あらしを免れた縁起物ってことじゃ、わん市の品とかぶるんですがね」

千之助は首をひねった。

「何か解せないところでも？」

蔵臼錦之助が問うた。

「へえ、その旅籠がやってる三十八文見世じゃ、いつだってその縁起物が売られてるそうなんでさ。ちょいと数が多すぎるんじゃなかろうかと」

地獄耳の男が答えた。

「欠けたり剝げたりした品も出してるんでしょうかねえ」

美濃屋の正作が言った。

「実際に見たわけじゃないんで、そこまでは」

と、千之助。

「馬喰町《ばくろちょう》の旅籠屋なら、みなでちょいと見に行ってもいいかもしれませんな」

椀づくりの太平が言った。

「食わせ者だったら、御用組の旦那方に伝えないと」

弟子の真次の表情が引き締まった。

千之助が噂を聞きつけてきたのは、馬喰町の宝屋《たからや》という旅籠だった。珍しい構えで、旅籠の一階が三十八文見世になっている。どんな品でも三十八文であきなう見世だ。

かつては何でも十六文で売る十六文見世だったのだが、いまは値上がりして三十八文見世になった。枕や簪、金網や鍋などまで何でも三十八文で売る。

いまなら均一ショップで、江戸の町のほうぼうにあったが、旅籠屋の一階というのはなかなかに目新しかった。

「なら、善は急げで、明日にでも行ってみるかね」

七兵衛が水を向けた。

「動きが早いですね、ご隠居さん」

松蔵が言う。

「いや、まあ、隠居は暇だからね」

と、七兵衛。

「そう言いながら、大黒屋の品を売り込みにおいでになったりするのでは？」

次の鍋を運んできたおみねが言った。

「おかみには読まれてるね。まあしかし、明日はただ見物だけで」

七兵衛が笑って答えた。

鍋は冬場の名物料理の一つであるおっきりこみ鍋だった。末松がわん屋で修業をして近くでおっきりこみおでんの屋台を出しているから、わん屋では控えていたのだが、わん講で久々にふるまうことになった。

味をよく吸う幅広の麺に、牛蒡、葱、里芋、油揚げ、人参、大根、焼き豆腐などの具がふんだんに入っている。こくのある醤油味のだし汁とともにあつあつを取り分けて食せば、まさに口福の味だ。

「ことに里芋がうまいですな」

蔵臼錦之助が笑みを浮かべた。

因果物の小屋の呼び込みなどもしているから、ただ笑っただけでもそこはかとなく不気味さが漂う。

「では、刷り物は神官さんの返事待ちということになりますか」

千鳥屋の幸之助がたずねた。

「それだと、ちと遅くなりますな」

戯作者が首をかしげた。

「では、趣向は当日のお楽しみということでいかがでしょう」

美濃屋の正作が言った。

「ああ、それは手堅いですね、美濃屋さん」

七兵衛がすぐさま言う。

「なるほど。出しものは何になってもいけるような絵も入れて、刷り物をつくるようにしましょう」

蔵臼錦之助がうなずいた。

「剣舞なら、どなたかは出ていただけるでしょうから」

と、おみね。

「では、そっちの絵で」

戯作者が妙な手つきをした。

「それで決まりですね」

千鳥屋の隠居が笑みを浮かべた。

「なら、あとで御用組につないできまさ」

千之助が走るしぐさをした。

こうして、たちどころに段取りが決まった。

五

わん講の相談事はひとわたり終わった。

あとは楽しく呑み食いをするばかりだ。

「円く仕上げたかき揚げでございます」

おみねが盆を運んでいった。

松蔵自慢のつややかな盆だ。

「まんまるというわけにはいきませんが」

厨から真造が言った。

「いや、これくらい円ければ上々だよ」

太平が言う。

「こつがあるんですかい」

盥づくりの一平がたずねた。

「鍋の縁のほうになるたけ寄せて、ていねいに揚げていけば、わりかた円くまとまります。小さめの鍋を使うのもこつで」

真造は答えた。

人参の赤みが鮮やかなかき揚げは味も好評だった。

「貝柱がいいつとめをしているね」

七兵衛が笑みを浮かべる。

「野菜ばかりじゃなく、こくのある食材を入れると、おいしいかき揚げに仕上がりますから」

真造が言った。

かき揚げはお付き衆にも大好評だった。

「さくさくしていてうまいです」

「これは丼に載せてもうまそうだね」

「そうそう、おつゆをたっぷりかけて」

みな笑顔だ。

「お茶漬けもお出しします」

厨から真造が言った。

「何の茶漬けだい？」

丑之助が問うた。

「浅蜊《あさり》の佃煮、梅干し、それに海苔の三つから選んでいただきます」

真造が答えた。

円造に乳をやっているおみねの代わりに、真造が出てきてめいめいの注文を聞いた。

浅蜊の佃煮に人気が集まったが、さっぱりとした梅干しと海苔にも手が挙がった。

厨に戻ると、真造は小気味よく手を動かした。

茶漬けができはじめるころに、ちょうどおみねが戻ってきた。

円造が上機嫌でからくり人形の円太郎を動かしはじめる。それをお付き衆がはやす。わん屋の座敷に、さらに和気が漂った。

「お待たせいたしました。お茶漬けができましたので」

「熱いのでお気をつけください」

わん屋の夫婦が盆を運んできた。

「おお、来た来た」

「わたしは佃煮で」

「おいらは梅だ」

次々に手が伸びた。

茶漬けを食しながら、さらに話は続いた。

「こういう食い物がわん市にあってもいいかも」

富松が竹箸を動かしながら言った。

「屋台を出すのかい」

七兵衛が問う。

「きっと飛ぶように売れますぜ」

富松が請け合った。

「いや、でも、愛宕権現の裏手まで屋台を担いでいくのは骨でさ」

盥づくりの一平が言った。

「それに、わん屋さんが屋台までやってしまうと、わん市のあとに打ち上げの宴をやるところがなくなってしまうよ」

正作が言った。

「はは、美濃屋さんの言うとおりだね」

七兵衛の温顔がほころぶ。

「では、わん市の当日は、ぜひうちで打ち上げを」

おみねが笑顔で言った。

第四章　刷り物と朗報

一

わん講の翌々日――。

わん屋ゆかりの有志が馬喰町へ向かった。

大黒屋の隠居の七兵衛にお付きの巳之吉、戯作者の蔵臼錦之助、御用組の千之助、それに、竹箸づくりの富松と竹細工職人の丑之助の六人だ。

「納めどきが迫ってるんで、どうしようかと思ったんだが」

丑之助が歩きながら言った。

「羽振りが良さげな宝屋に品を納められるかもしれねえから」

富松がなだめるように言った。

背には小ぶりの嚢《ふくろ》を負っている。そのなかに竹箸が入っているらしい。

「そりゃあ、正しいあきないの考えだよ」

七兵衛が笑みを浮かべた。

「まあ、三十八文の箸はちと高すぎるかもしれませんが」

蔵臼錦之助が言う。

「もちろん、夫婦箸や組売りで」

富松がすかさず答えた。

「なるほど、知恵が回りますな」

戯作者が総髪にちらりと手をやった。

そんな話をしているうちに、馬喰町が近づいた。

「おっ、あれだね」

隠居が行く手を指さした。

宝船をかたどった看板が出ている。

御宿　宝屋
三十八文見世も有り升

そう記されていた。

「さっそくかわら版ですかい」

矢立を取り出した蔵臼錦之助に、千之助が声をかけた。

「使えるかどうかは分からないけれど、こういう引き出しをたくさん持っていれば、いざというときに役に立つこともあるので」

戯作者はいつものやや不気味な笑みを浮かべた。

「こういう心がけがあきないにつながるんだよ」

七兵衛がお付きの巳之吉に言った。

「学びになります」

手代は殊勝に答えた。

二

旅籠に用はないから、三十八文見世だけを見物していくことにした。

「いらっしゃいまし」

帳場に座ったおかみが愛想よく声をかけた。

「ちょっと品を見させてもらうよ」

七兵衛が言った。

「何でもそろってますので、どうぞごゆっくり」

おかみは笑みを浮かべた。

「生まれは上方ですか」

蔵臼錦之助が問うた。

「はい。言葉の上げ下げで分かりまっしゃろか」

おかみは訛《なま》りをまじえて答えた。

「そりゃあもう」

戯作者がそう言ったとき、奥からあるじとおぼしい男が出てきた。

「ようこそお越しで」

あるじの目尻にしわが浮かんだ。

富松と丑之助はさっそく品をあらためはじめていた。

「なかなかいい下駄ですな」

丑之助が言った。

富松は品を持参してきたが、丑之助は身一つで来た。竹細工の曲げ物などの注文はほうぼうから来てこなすのにひと苦労だから、べつにここで売りこむ必要はないようだ。

「お目が高いですな、お客さま」

あるじが調子よく言った。

こちらも言葉の上げ下げは上方風だ。

「何でも三十八文であきなわせてただいておりますんで」

おかみがにこやかに言う。

「こちらは縁起物ってことになってますが、見たところただの塗り椀や茶碗などで。何か言われはあるんですかい」

千之助が手で示した。

三十八文見世の一角に、こんな貼り紙が出ていた。

うんが向く　えんぎもの
ぬりもの　ちやわんなど

「よくぞ聞いてくださいました。……あ、申し遅れました。手前は宝屋のあるじの亀吉《かめきち》だす」

あるじがそう名乗った。

「おかみのおつるです」

おかみも続く。

「鶴と亀で縁起がいいねえ」

七兵衛が品をあらためながら言った。

「へえ、まあ」

亀吉があいまいな笑みを浮かべた。

「で、縁起物のいわれは？」

千之助が先をうながした。

「へえ。上方のほうで出水がありまして、いったんは流されてしもたんですが、危ないところを助かった品ですねん。それで、強運の縁起物ということで」

あるじはそう明かした。

「もちろん、ていねいに洗ってありますんで」

おかみが言葉を添えた。

「出水を乗り切ったんだから、そりゃあ縁起物だね」

鍋などをあらためながら、富松が言った。

「みなさん、喜んでくださってます。上方から運んできた甲斐がありましたわ」

宝屋のあるじが笑みを浮かべた。

ここでいくたりかがのれんをくぐってきた。

「お帰りなさいまし」

おかみが声をかける。

「おう」

「繁盛してるな」

あまり人相の良くない男たちが言う。

「おかげさんで」

亀吉が言った。

「旅籠に長逗留《ながとうりゅう》のお客様がたで」

おかみが紹介した。

「とんだ長逗留や」

「まあ、ええやないか」

そんなことを言いながら、男たちは奥の旅籠のほうへ進んでいった。

「ところで、あきないはしねえのかい」

丑之助が富松に言った。

「そうだな。……実はおいら、竹箸づくりの職人で。ちょいと品を見てもらおうかと思って」

富松は嚢を下ろした。

「竹箸でございますか。うちの品に箸はまだありませんので」

亀吉が少し身を乗り出した。

「さすがに一組で三十八文は高すぎるんで、上等の夫婦箸か、あるいは組売りでどうかと思いまして」

富松はそう言って品を取り出した。

「こいつがつくる箸は使い勝手がいいんで」

仲のいい丑之助が勧める。

「なら、拝見します」

亀吉は腰を低くして言った。

「うちも見せて」

横合いからおかみが言う。

「おう」

あるじが短く答えた。

宝屋の夫婦が竹箸の品定めをしているあいだに、七兵衛たちはほかの売り物を検分していた。

「塗物問屋の目で見てしまうと、粗は目立つがね」

七兵衛が小声で言った。

「そりゃ、ご隠居は目が肥えてますからな」

蔵臼錦之助が言う。

千之助は何か気になるのか、ときおり首をかしげていた。

「どうかしたかい」

隠居が問う。

「いや、おいらも勘が働かないわけでもないんで……」

ややあいまいな顔つきで言うと、御用組のつなぎ役は両手を軽く打ち合わせた。

「ここで思案してても仕方がないんで、品をいくつか買って持ち帰りまさ。新たに入った新宮さまは易者でもあるから見てもらうことに」

千之助は言った。

「餅は餅屋だからね」

隠居が笑みを浮かべた。

ややあって、あきないの相談がまとまった。

宝屋がわりかたいい値で買ってくれたとあって、富松はほくほく顔だ。

「いやあ、思い切って持ってきた甲斐がありましたよ」

竹箸づくりの職人が満面の笑みで言った。

「こちらこそ、いい品をありがたく存じます」

宝屋のあるじが頭を下げた。

「気張って売って、お客さんに喜んでいただきますので」

おかみのおつるも笑顔で言った。

三

それから幾日か経った。

蔵臼錦之助が文案を練った刷り物は、早くもできあがった。

「やることが早《はえ》えから」

つなぎにひと役買っている千之助が届けてくれた。

「わあ、絵もいい感じですね」

おみねが笑みを浮かべた。

刷り物の四隅には、七福神を乗せた宝船や小判や観音様など、おめでたい絵があしらわれていた。

「では、うちでも配らせていただきますので」

真造が言った。

「頼んます。なら、おいらは次へ」

刷り物を入れた嚢を背負った千之助がさっと動いた。

刷り物には、こう記されていた。

開運わん市
二月初午の日、愛宕権現裏、光輪寺にて
江戸の邪気を祓ひ、災ひを退け、民に福をもたらす喜びの市なり。
塗物、瀬戸物、椀、竹細工、ぎやまん、唐物、盆、盥、箸……。
何でもそろふ品を格安にて。

しかも、邪気祓ひの催しあり。
剣舞があれば……おっと、あとは当日のお楽しみ。
さあさ、心ある江戸の民よ、
ご近所朋輩、身内そのほか、さそひあはせて、
開運わん市に来たれ。

「兄さんが来てくれるかどうか分からないから、うまくぼかして書いてあるんだね」

刷り物に目を通した真造が言った。

「来てくれるといいけれど」

おみねが言った。

わん屋は中食が終わり、短い中休みに入っていた。

今日の膳の顔は寒鰤の照り焼きだった。鰤の切り身なら、円い皿でも大丈夫だ。これに胡麻油の香りが漂うけんちん汁と根菜の煮物などがつく。わん屋の中食は今日も好評のうちに売り切れた。

「なら、また明日お願いね」

おみねが手伝いのおちさに声をかけた。

「はい、お先に」

おちさが明るく答えた。

「習いごと、気張ってな」

真造が言った。

「はい、気張ります」

と、おちさ。

今日は袋物の習いごとのようだ。

「近々、わん市のお手伝いもあるから」

おみねが言った。

「ええ。そちらのほうも気張ってやりますので」

手伝いの娘は笑顔で答えた。

四

朗報は翌《あく》る日に届いた。

依那古神社からの文によると、長兄の真斎はわん市に来てくれるらしい。前の日にわん屋に来る段取りで、当日はわん市の売り物にお祓いをしてくれることになった。

「これで名実ともに開運わん市だね」

ちょうど居合わせた七兵衛が笑みを浮かべた。

「さっそく、的屋さんにお義兄さんの泊まり部屋を約してきました」

おみねが告げた。

「やることが早いね」

大黒屋の隠居はそう言うと、お付きの手代の巳之吉がついだ猪口の酒を呑み干した。

すでに二幕目に入っている。いま出ている肴は、蛤《はまぐり》の木の芽和えだ。春の恵みの蛤をさわやかな木の芽味噌で和えると、まさに口福の味だ。緑がかった色合いもいい。

ややあって、御用組の面々がやってきた。

つなぎ役の千之助は外を飛び回っているらしく姿が見えないが、大河内同心と海津与力、それに、新顔の新宮竜之進もいた。

「そうかい。宮司さんが来てくださるのかい」

大河内同心が言った。

「ええ。神馬はもう歳なので、西ヶ原村から徒歩《かち》で来てくれるそうで」

真造が答えた。

「ならば、あとは剣舞だな」

海津与力がそう言って、供されたばかりの焼き蛤に箸を伸ばした。

播州赤穂《ばんしゅうあこう》の塩を添えた、こたえられない酒の肴だ。

「気を入れてやらせていただきます」

新宮竜之進が折り目正しく答えた。

おみねがたずねた。

「新宮さまは何流で？」

「竜之進はとくに何流というわけではないのだ。諸国を放浪しながら剣術を磨き、行者や易者と知り合って秘めたる技も身につけた。まだ若いが、端倪《たんげい》すべからざる能力の持ち主だ」

隠密与力がそう言って持ち上げた。

「そう言えば、おかみも神官の娘だったな」

大河内同心がふと思い出したように言った。

「ええ、三峯《みつみね》大権現の生まれですが」

おみねがややいぶかしげな顔つきで答えた。

「竜之進も、世に知られぬが霊験あらたかな神社の三男なのだ。跡継ぎはほかにいるから、心おきなく諸国を放浪していたというわけだ」

海津与力が説明した。

「だったら、ここのあるじと同じだね」

七兵衛が真造のほうを手で示した。

「わたしはただの料理人ですから」

真造は笑みを浮かべた。

「見たところは役者みたいな面相だが、ただ者ではないからな、竜之進は」

大河内同心が言う。

「いえいえ、まだ修業中で」

竜之進は謙遜して言った。

「ところで、例の押し込みだが……」

海津与力が座り直した。

「下り酒問屋さんに賊が入ったと聞きましたが」

おみねが言った。

中食の客がさっそくかわら版を見せてくれた。南新堀《みなみしんぼり》のほうで大きな押し込みがあったらしい。

「伊丹屋《いたみや》という下り酒問屋に賊が入って、だいぶ人死にが出ちまった。町方だけじゃ手に負えねえだろうから、御用組も乗り出すことになった」

大河内同心が告げた。

「それは剣呑なことで」

大黒屋の隠居の顔つきが曇る。

「大店《おおだな》だから備えはしていたようだが、船も使った大人数の押し込みをやりやがった。ただ者のしわざじゃねえ」

大河内同心はそう言うと、苦そうに猪口の酒を呑み干した。

「名うての盗賊のしわざでしょうか」

厨で手を動かしながら、真造が問うた。

「おおよそのあたりはついている」

海津与力が言った。

「ひょっとして、前にここで名をうかがった盗賊でしょうか」

ふと思い出して、おみねが言った。

「察しがいいな、おかみ。江戸へ流れてきたらしい蝮の大八という盗賊が、前に大坂で似たような押し込みをやらかしている」

隠密与力はそう明かした。

「船も巧みに操る盗賊で、どんな蔵でも破ってみせると豪語しているようだ」

大河内同心が苦々しげに言った。

「大人数だと目立つだろうし、ねぐらはどうしているんだろうねえ」

七兵衛が首をひねった。

「どこぞの寺にでもこもってるんでしょうか」

おみねが思いつきを口にした。

「広くないとねぐらにはならないだろうからねえ」

大黒屋の隠居が言う。

「まあそのあたりは、手がかりがないわけではないので」

大河内同心はそう言って、新宮竜之進の顔を見た。

「まだこれから外堀を埋めませんと」

竜之進は慎重に答えた。

「どういう手がかりでしょう」

おみねが問うた。

「いや、そのあたりはいま千之助が張り込んでるしな」

大河内同心はいくらかはぐらかすように答えた。

「網を大きくしっかり張ってから捕り物を行わねば」

海津与力が言った。

「そのうち、捕り物に良き日の卦《け》も立てねばなりません」

竜之進が筮竹を操るしぐさをした。

「そうしますと、わん市のあとになりますね」

真造が言った。

「そうだ。やつらは大きな押し込みのあとでなりを潜めているだろう。気がゆるんだところで一網打尽にせねば」

大河内同心の声に力がこもった。

「気張ってくださいまし。うちなどは狙われないでしょうが、上方から恐ろしい盗賊が江戸に来ているかと思うと、枕を高くして眠れませんので」

七兵衛が言った。

「さようですね、大旦那さま」

お付きの巳之吉が怖そうにうなずいた。

ここで次の肴が出た。

稚鮎《ちあゆ》の天麩羅だ。

これは塩で食すとうまい。

「この大きさなら、うちの塗り椀に入るね」

七兵衛がそう言って天麩羅をつまんだ。

深めの黒い椀に紙を敷き、天麩羅を四尾盛り付けてある。

「うん、さくさくしていてうまい」

大河内同心が笑みを浮かべた。

「本当に美味ですね」

竜之進が白い歯を見せた。

どんな所作をしても絵になる男だ。

続いて、かき揚げも出た。

浅蜊と三つ葉のかき揚げだ。味の濃い浅蜊と三つ葉を合わせると、実にうまいかき揚げになる。

「これは飯が恋しくなるな」

海津与力が言った。

「お出しいたしましょうか」

おみねがすかさず問うた。

「おう、頼む」

与力がすぐさま答えた。

「なら、おれもくれ」

大河内同心も手を挙げた。

「それがしもいただきます」

竜之進が折り目正しく言った。

「ご隠居さんはどうされます?」

おみねは七兵衛にたずねた。

「はは、わしわし食べるような歳じゃないからね。……おまえはどうだい」

隠居はお付きの手代に問うた。

「喜んでいただきます」

巳之吉が元気よく答えたから、わん屋に和気が漂った。

第五章　わん市の客

一

わん市の前日——。

わん屋に狩衣姿の男が姿を現した。

依那古神社の宮司の真斎だ。大きな嚢を背負っている。

「まあ、お義兄さん、遠くからよくお越しで」

おみねが頭を下げた。

「このたびは儀式もあるから、いろいろ荷があってね」

真斎はそう言って笑みを浮かべた。

「よろしく頼むよ、兄さん。そこの的屋さんに泊まり部屋を取ってあるから」

真造が身ぶりをまじえて言った。

「ああ、ひとまず荷を下ろしてくることにしよう」

宮司が答えた。

わん屋は二幕目に入っていた。

今日の中食の顔は寒鰈《かんがれい》の煮つけだった。これに具だくさんのけんちん汁と山菜の天麩羅がつく。例によってどの器も円い目が回りそうなにぎやかな膳だ。

真斎が的屋へ行っているあいだに、近くの道場主の柿崎隼人が門人をつれてやってきた。ひとわたり稽古で汗を流した帰りらしい。

「神官の兄も到着したところです。明日のわん市の剣舞はよろしくお願いいたします」

真造が言った。

「われらだけで演じてよいのかな？　御用組からの出陣があるのではないか」

座敷に腰を下ろすなり、柿崎隼人が言った。

「新宮さまという新たに加わったお武家さまが剣技を披露されるという話をうかがっていますが」

真造が答えた。

このあいだまたつなぎに来た千之助がそう伝えていた。お役目もあるから確約はできないが、海津与力も出るかもしれないという話だった。

「そうか。ならば、わん市の場で打ち合わせてもよさそうだな」

柿崎隼人が言った。

昨年の大あらしで道場も半ば壊れてしまったのだが、それを機に師範代から晴れて道場主になったのだから、禍福はあざなえる縄のごとしだ。

「気張ってつとめましょう」

よく日焼けした門人が言った。

「邪気払いの剣舞は、身の芯から気を発しなければな」

道場主が言った。

道場の名は鍛錬館《たんれんかん》だ。字のたたずまいも、音の響きもいい。

ここで肴が出た。

薇《ぜんまい》と油揚げの当座煮だ。

胡麻油で香ばしく炒めた素材をだしで炊き、白胡麻をあしらい、木の芽を添える。早春らしいさわやかな肴だ。

道場主と門人が一献傾けはじめた頃合いに、旅籠に荷を預けた真斎が戻ってきた。

剣舞とお祓い、順をどうするか、そのあたりの段取りも決まった。

やはり、神官によるお祓いが先だ。

わん市の場にしかるべき結界が張られ、清浄の気がみなぎってから、邪気を絶つ剣舞が披露される。それから開会の辞があり、江戸に福をもたらす「開運わん市」が始まる。ざっとそういう段取りだ。

「では、明日は気を入れてやりましょう」

真斎が白い歯を見せた。

「江戸の邪気を祓いましょうぞ」

柿崎隼人が笑顔で答えた。

二

わん市の当日は、幸いにも晴天に恵まれた。

愛宕権現裏の光輪寺の門前には、大きな立て札が出た。

千客万来、縁起物格安

開運わん市

そう記されている。

字ばかりでなく、椀や碗などの簡単な絵も添えられていた。

境内にはもう人が入っていた。

今日は寺の秘仏の御開帳の日でもある。それに合わせて催すことになったのがわん市だから、御開帳のほうが主といえた。

ただし、御開帳はもう何度も見ているから、市のほうをという客も多かった。

わん市は寺の奥の大広間で催される。その前に張られた白い幕の前で待っている客がいくたりもいた。

「まだ始まらないのかい」

「これを目当てに来たんだがよ」

いくらかしびれを切らしたように客が言った。

「いましばしお待ちくださいまし。開運わん市ですから、品を縁起物に変えねばなりませんので……あっ、見えましたな」

案内役に立っていた蔵臼錦之助がほっとしたような顔つきになった。

つややかな烏帽子が見えた。神官が登場したのだ。

依那古神社の宮司ばかりでない。御用組の面々もいる。

わん市の肝煎りの七兵衛や、品を出す見世の者たち、手伝いのおちさに、剣舞を披露する柿崎隼人と門人もいる。準備は万端に整っていた。

「では、お願いいたします、先生」

七兵衛が蔵臼錦之助に言った。

戯作者は一つうなずくと、やおら声を張り上げた。

「えー、大変長らくお待たせいたしました。これから、恒例のわん市を始めさせていただきます。ただし……」

蔵臼錦之助は思わせぶりに言葉を切ってから続けた。

「このたびは『開運わん市』と銘打っております。そう銘打つからには、売り物を縁起物に変えねばなりません」

戯作者はそこまで言うと、奥のほうへ手で合図を送った。

「幕を外して」

場を貸している光輪寺の文祥和尚が言った。

「はい」

若い二人の僧が白い幕を外すと、奥の座敷が見えた。

すでに品がとりどりに並んでいる。

大黒屋の塗物、美濃屋の瀬戸物、千鳥屋のぎやまん唐物、太平と真次の椀、丑之助の竹細工に富松の竹箸、松蔵の盆、一平の盥など、目移りがするほどだ。

「では、関八州から尊崇を集める依那古神社の宮司さまに祝詞を唱えていただきます。しかるのちに、邪気祓いの短い剣舞も披露していただくことによって、世が円くおさまるようにという願いがこめられた器にさらに霊気がこめられ、江戸を平らかにする開運の縁起物と化すのです。ありがたや、ありがたや」

蔵臼錦之助は芝居がかったしぐさで両手を合わせた。

因果小屋の呼びこみもしているから、こういう口上はお手の物だ。

「なるほど、それで開運わん市なのか」

「なら、待ってなきゃしょうがねえや」

「ほんとに運がつきそうだぜ」

待っていた客が得心のいった顔つきで言った。

「それでは、宮司さま、お願いいたします」

戯作者が身ぶりで示した。

衣冠束帯に威儀を正した真斎が前へ進み出た。

三

高天原《たかまがはら》に神留《かむづまり》坐す
皇親《すめらがむつ》神漏岐《かむろぎ》神漏美《かむろみ》の命《みこと》を以《もち》て……

朗々たる声が響きはじめた。
大きな家紋が入った紫の袴が神々しい神官は、白い御幣を折にふれて振りながら、わん市の品を縁起物に変える祝詞を唱えた。

祓えたまえ、浄《きよ》めたまえ……

声が凜《りん》と通る。
わん市の場に張りつめた気が漂った。
祝詞があまり長いと客がしびれを切らしてしまう。なるたけ短めにとあらかじめ打ち合わせてあった。

祓えたまえ、浄めたまえと曰《もう》す……

真斎はうやうやしく頭を下げて祝詞を締めくくった。

「ありがたく存じました」

蔵臼錦之助がすかさず言った。

「では、開運の願掛けの仕上げに、気の入った剣舞を披露していただきます」

客に文句を言わせぬよう、素早く手で示す。

「応《おう》！」

短い掛け声を発し、柿崎隼人が前へ進み出た。

「ただいまより、邪気を祓いまする」

道場主が言った。

「それがしも」

白い道着に身を包んだ若者が続いた。

新宮竜之進だ。

「鋭《えい》っ」

抜刀するや、二人の剣士はわん市の品の上で剣を振るった。

見えない悪しきものを祓うように剣が動く。

新宮竜之進の動きは、ことに水際立っていた。

「やあっ」

剣を横ざまに振るい、わん市の売り物に息吹を込める。

それぞれの見世の売り手はすでに座っていた。

みな目を瞠る。

手伝いのおちさは、竜之進の男っぷりと動きに魂を抜かれたようになっていた。

「では、これにて」

柿崎隼人が剣を納めた。

新宮竜之進も続く。

儀式は終わった。

「これにて、すべての品が縁起物となりました」

蔵臼錦之助の声が高くなった。

「お待たせいたしました。開運わん市の始まりでございます」

肝煎りの七兵衛が笑顔で告げた。

四

待ちかねていた客がどっと入り、さっそく品をあらためはじめた。

「これはいい艶の塗り椀だね」

客が言う。

「上等の漆を使っておりますので」

大黒屋の隠居が笑顔で答えた。

「こちらは実演を始めますんで」

竹細工職人の丑之助が言った。

「竹箸なら、もうできてます」

富松が品をかざした。

「盆もいまからつくったら大変で」

松蔵が笑った。

「盥だってひと苦労でさ」

一平が和す。

「こちらは正真正銘の縁起物。去年の大あらしで危ないところを助かったぎやまんの器です」

千鳥屋の出見世の若おかみのおまきがいい声を響かせた。

「運のかたまりのような品でございますよ」

あるじの幸吉が器を見せた。

「それは買いたいところだね。見せておくれ」

さっそく客の手が伸びた。

「承知しました。何を盛っても映える涼やかなぎやまんの器でございます」

「この大きさなら、夏の素麵なども」

幸吉とおまきがさっそく売りこむ。

その様子を、千鳥屋の隠居の幸之助がいくらか離れたところから頼もしそうに見守っていた。

品は次々に売れた。ほかの見世の品より出足がいい。

「さすがは大あらしを乗り切った縁起物ですな」

蔵臼錦之助がうなずいた。

「さて、出番も終わったし、何か買って帰るかな」

柿崎隼人が門人に言った。

「うどんを盛る盥はどうでしょう」

門人が一平のほうを指さした。

「お安くしておきますよ」

盥づくりの職人が笑みを浮かべた。

「なら、一つもらおう」

鍛錬館のあるじが白い歯を見せた。

祝詞を終えた真斎は御開帳の列に並んでいた。神道と仏教、道は違うとはいえ、神々しいものを正眼《まさめ》に見れば、心が洗われて霊力も増す。

「毎度ありがたく存じます」

おちさの声が響いた。

それぞれの見世の売り場で手代が勘定を行っているところもあるが、職人の品は勘定場でまとめて行う。そこを手伝っているのがおちさだ。

「気張って売ってくれよ」

兄の富松が笑って言った。

「気張ってるよ」

おちさがすぐさま答えた。

そこへ、新宮竜之進が品を持ってやってきた。

木目が鮮やかな椀だ。

「これは良い木なので」

御用組の若者が笑みを浮かべた。

「ありがたく存じます」

椀づくりの実演の手を止めて、太平が頭を下げた。

「木を選ぶところから椀づくりは始まりますので」

真次も言う。

「まさに縁起物です」

竜之進はさわやかな顔つきで言った。

「お包みいたします」

おちさが手を伸ばした。

その顔はだいぶ赤くなっていた。

「痛み入る」

竜之進が品を渡す。

指と指がわずかに触れ合う。

少し遅れて、若き武家のほおもわずかに赤く染まった。

五

その後も客は次々にやってきた。

開運わん市は大繁盛だ。

お祓いを終えた縁起物が飛ぶように売れていく。

真斎も木の椀を買っていた。神に捧げる水の器にするらしい。

わん市には江戸のほうぼうから客が訪れる。刷り物で知った者も来る。客足が途切れることはなかった。

「おや、宝屋さん」

七兵衛が声をかけた。

馬喰町の旅籠のあるじもわん市に顔を見せた。

「遅くなりました。目の養いにまいりました」

亀吉が笑顔で言った。

「あきないのためじゃないんですか」

七兵衛が笑みを浮かべた。

「いやいや、安く仕入れて、三十八文で売ろうっていう魂胆じゃないので。そもそも、それは運び賃にもなりません」

二階が三十八文見世の旅籠のあるじが言った。

いくらか離れたところから、新宮竜之進がじっと腕組みをして見守っていた。

結局、品をいくつか買って、宝屋のあるじは戻っていった。

「この調子なら、あらかた売り切れそうですな」

肝煎りの七兵衛が満足げに言った。

「終《しま》いがたになったら、呼び込みをして値を下げましょう」

蔵臼錦之助が手ごたえありげな表情で言う。

そうこうしているうちに、御用組の二人がやってきた。

大河内鍋之助同心と千之助だ。

「おう、ご苦労さん」

大河内同心が新宮竜之進の労をねぎらった。

「ちょっとお耳に入れておきたいことが」

竜之進が言った。

「何だ」

同心が声を落として問う。

その後しばらく、つなぎ役の千之助もまじえて、御用組の面々は小声で何か相談をしていた。

「われらは先にわん屋へ」

門人をつれた柿崎隼人が言った。

「邪気祓いの剣舞、ありがたく存じました」

七兵衛がていねいに頭を下げた。

「では、わたくしはこれで」

真斎も続いた。

依那古神社の宮司は西ヶ原村へ引き上げることになっていた。

「おかげさまで、正真正銘の開運わん市になったと思います」

肝煎りの七兵衛が礼を述べる。

「またお越しくださいまし」

文祥和尚も見送りに出てきた。

「秘仏は眼福でございました。また拝みにまいります」

真斎はうやうやしく両手を合わせた。

六

「開運わん市、そろそろ終いだよー」

蔵臼錦之助が声を張りあげた。

「お安くなっておりますよ。運をつけたい方はぜひお買い求めを」

肝煎りの七兵衛も和す。

「いまできあがったばかりの竹細工の蒸籠ですよ。今年一年、これさえあれば開運間違いなし」

丑之助が品をかざした。

「ついでに箸も買ってくださいまし」

富松が和す。

「塗り椀、残りが少なくなってまいりました」

大黒屋の手代の巳之吉がここぞとばかりに言った。

いつもは七兵衛のお付きだが、今日は売り子で気張っている。

「瀬戸物もまだ福がございますよ」

あるじの正作とともに売り場に座っている手代の信太が言う。

「唐物の茶入れはまだいい品が残っております」

千鳥屋の隠居の幸之助が手で示した。

隣にはお付きの善造も控えている。今日の千鳥屋は、本店が唐物、幸吉とおまきの出見世がぎやまん物と品を使い分けていた。

「おや、ぎやまん物は売り切れたのかい」

見世じまいを始めた出見世の若夫婦に、七兵衛が声をかけた。

「はい、おかげさまで」

おまきが明るい表情で答えた。

「大あらしを乗り越えた縁起物も、そのほかの品も売り切れで、ありがたいことでございます」

幸吉も笑顔で言った。

「そりゃあ何よりだ」

大河内同心が言った。

「ありがたいことで」

いくらか離れたところで、隠居の幸之助が両手を合わせた。

「なら、先にわん屋へ」

千之助が身ぶりをまじえた。

「そうだな。道々、段取りの打ち合わせもできる」

大河内同心は引き締まった顔つきで言った。

「いざというときは、卦を立てますので」

易者の顔もある竜之進が言った。

「おう、頼むぞ」

大河内同心が張りのある声を発した。

時が来た。

多くの品が出た開運わん市は、盛況のうちに閉幕となった。

「ありがたく存じました。次はおおむね四か月後、川開きのあとくらいに催すつもりです。その節はまたよしなに」

肝煎りの七兵衛がえびす顔で言った。

「ずいぶん買っちまったよ」

「かかあに叱られそうだが」

大きな包みを提げた客が言った。

「すべて縁起物ですから。そのあたりでよしなに」

蔵臼錦之助が言った。

「これで運がつくからって言っとくわ」

「そう思わなきゃな」

客が笑顔で答えた。

そんな調子で、開運わん市は無事終了した。

七

わん市の打ち上げは、もちろんわん屋だ。

柿崎隼人と門人たち、それに、御用組の面々はわん市の者たちが来る前にすでに一献傾けていた。

「そう、その調子」

座敷で柿崎隼人が言う。

円造がいたって小ぶりのわらべ用の竹刀をかざし、剣術の稽古の真似事をしていた。

「はい、打ってまいれ」

竜之進が手のひらを向けた。

「えいっ」

わらべなりに竹刀を振り下ろす。

弱々しいが、的には当たった。

「やられたな、竜之進」

大河内同心が笑う。

「大きくなったら剣豪だ」

竜之進が白い歯を見せた。

そんな調子でわらべの相手をしているうち、わん市の面々がつれだってやってきた。

「おっ、そっちへ移るぜ」

「邪魔になるからな」

先客の大工衆がさっと腰を上げた。

「相済みません。お手間をおかけします」

おみねがすまなそうに言った。

ややあって、わん市の帰りの者たちで座敷が埋まった。例によって、お付き衆はひとかたまりだ。

御用組の三人は一枚板の席に陣取った。先に来ていた鍛錬館の剣士たちと大工衆が相席になる。

「おかげさまで大盛況でね。こちらもたちどころに一杯になった」

七兵衛が上機嫌で言った。

「さようですか。では、どんどん料理をつくってお出ししますので」

真造が笑みを浮かべた。

まず供されたのは、祝いの宴には欠かせない鯛の姿盛りだ。

円い大皿を使い、大根と人参のつまと若布《わかめ》などを多めに盛って、器が余って貧相に見えないように意が用いられている。

ほどなく、酒が行きわたった。

「では、本日はお疲れさまでございました。わん市のあとは、わん屋さんの料理を存分に楽しむことにいたしましょう」

　進め役の蔵臼錦之助が言った。

「もう呑んでるよ」

　先に来ていた柿崎隼人がだいぶ赤い顔で言った。

　囲炉裏では鍋が煮えてきた。わん屋自慢の具だくさんのほうとう鍋だ。

「お待たせいたしました」

「海老の黄金《こがね》煮でございます」

　おちさとおみねが料理を運んできた。

　兄の富松もいるから、おちさは打ち上げの手伝いもしている。

「これはうまそうだね」

「なるほど、黄金は溶き玉子か」

　手が次々に伸びた。

　背開きにした海老に溶き玉子をからめ、ふわっと火を通す程度にだしで煮る。

色合いもよく、ほっとするひと品だ。

「うまいな」

　大河内同心が言った。

新宮竜之進とおちさの目と目が合った。

若き武家が笑みを浮かべると、おちさも笑みを返した。

料理は次々に出た。

まだまだ風は冷たいが、春の訪れを感じる日もある。冬の恵みの鰤の照り焼きに、早春の恵みの若竹の焼き物。さらに、上品な白魚の筏《いかだ》焼きまで、いずれも円い器に盛られた料理が運ばれていく。

お付き衆は腹を空かせているだろうから、ほうとう鍋のほかに筍飯《たけのこめし》も出した。これに若竹と若布の椀もつく。

「わあ、おいしい」

「筍もいいけど、油揚げもうめえ」

「味を吸ってるからね」

お付き衆はみな笑顔だ。

一方、一枚板の席の端のほうに陣取った御用組の面々は、声を落とし、何やら難しい顔つきで相談ごとをしていた。

「海津さまとも打ち合わせねばな」

大河内同心が言った。

御用組に奉行所のようなところはない。代わりに、海津与力の屋敷が役宅のごときものとなっていた。

「どう網を張りますか」

千之助がそう言って、筍と蕗《ふき》と蒟蒻《こんにゃく》の粉鰹《こながつお》煮を口中に投じた。

細かく削った鰹節を乾煎《からい》りして煮物にまぶす。味のしみにくい素材に使うとちょうどいい塩梅だ。

「捕り物に良き日は、わたくしが卦を立てますので」

竜之進が引き締まった顔つきで言った。

「それは任せた」

大河内同心が言う。

「捕り逃さねえようにしねえと」

と、千之助。

「町方にも声をかけて、網をしっかり張ることにしよう」

大河内同心の声に力がこもった。

囲炉裏のほうとう鍋があらかたなくなった。

ただし、だしはまだ残っていた。今日のほうとうは甲州の味噌仕立てだ。

ここからは二度目のつとめになる。だしがつぎ足され、飯と溶き玉子が投じ入れられる。

締めのおじやだ。これがまたうまい。

「円い味だねえ」

肝煎りの七兵衛が笑顔で言った。

「開運わんわん市が滞りなく行われたし、今年の江戸ではもう悪いことは起こらないでしょう」

最後に、蔵臼錦之助がそうまとめた。

第六章　沢地萃《たくちすい》の卦

一

八丁堀には町方の与力や同心の屋敷が櫛比《しっぴ》している。

その一角に、海津力三郎与力の屋敷もあった。

屋敷のなかに長屋を建て、店子を入れて賃料を取る役人は多い。海津与力の屋敷にも長屋があり、医者や講釈師など、さまざまななりわいの者たちが暮らしていた。

そのなかに、若い武家もいた。新宮竜之進だ。

神官の家系だが、三男で継ぐべきものがない竜之進は、諸国を放浪しつつ研鑽を積んできた。役者にしたいような風貌とはうらはら、その身には太い筋が一本通っている。

研鑽を積んだのは、剣術と易だ。身も動けば、気も動く。見える敵とも、見えざる敵とも戦うことができる。それが竜之進の強みだ。

いまは夜。行灯の灯《あか》りが彫りの深い顔を浮かびあがらせている。


示したまえ、啓《ひら》きたまえ……


竜之進は低い声で祝詞めいたものを唱えていた。

手には筮竹が握られている。

手裏剣としても使える、先のとがった筮竹だ。

竜之進の長い指が小気味よく動いた。

「鋭《えい》っ」

剣士にして易者、端倪すべからざる力の持ち主は短い声を発した。

剣術で鋭く踏みこみ、面を取るような気合だ。

卦が出た。

竜之進のまなざしが鋭くなった。

「沢地萃か……」

易者の顔で、竜之進は独りごちた。

さらに筮竹が動く。

占うのは捕り物の首尾ばかりではない。網を張るに良き日取りも占っておかねばならない。

若者が操る筮竹は、なおしばし動きつづけた。

二

「なるほど、物や人が集まるという卦か」

海津与力がそう言って、茶を少し啜《すす》った。

出たばかりの卦について、竜之進から説明を受けはじめたところだ。

「はい。雨が降って地面にたまっているさまを思い浮かべてみるといいかと存じます」

竜之進は折り目正しく言った。

「それは悪いさまではないのだな？」

海津与力が問う。

「地面が江戸の町、水がそこで暮らす人々というふうにとらえることができるでしょう」

竜之進は慎重に答えた。

「水が干上がったり、波立ったりするとまずいな」

隠密与力がさらに茶を啜る。

「そうです。沢地萃の萃は集まるという意味です。人も物も地面にたまる水のように集まってきます。この水を光り輝かせるために、やっておくべきことがあります」

竜之進は言った。

「ほう。それは何だ」

海津与力は湯呑みを置いて問うた。

「『大牲《たいせい》を用いて吉』と卦に出ております。『大牲』とは大いなる生け贄《にえ》のことです。生け贄を神に捧げることによって、水は悦《よろこ》ばしく光り輝きます」

竜之進は答えた。

「生け贄、か」

海津与力はあごに手をやった。

「むろん、江戸の町なかでそういった儀式はできません。さりながら……」

竜之進は座り直して続けた。

「悪党どもを生け贄と見なせば、すべてが吉となりましょう」

易者の顔つきで言う。

「なるほど、それですべて円くおさまるわけか」

海津与力がうなずいた。

「あとは、どのように捕り物を行うかです」

竜之進はいくらか身を乗り出した。

「そのあたりは、大河内と千之助もまじえて周到に段取りを整えることにしよう」

御用組のかしらが言った。

「承知しました」

歯切れよく答えると、竜之進は筮竹を片づけはじめた。

三

翌日——。

わん屋の二幕目に御用組の面々がやってきた。

座敷の隅に陣取り、酒肴《しゅこう》を楽しみながら相談事をする。

「いきなり捕り物というわけにもいかぬからな」

海津与力がそう言って、赤貝の刺身を口中に投じた。

若布と合わせたひと品は春の恵みの肴だ。

「動かぬ証《あかし》をつかんでくれ」

大河内同心が千之助の顔を見た。

「承知で」

忍びの末裔はそう答えて茶を啜った。

一枚板の席では、わん市の肝煎りだった七兵衛と人情家主の善之助が歓談していた。年明けからは災いもなく、店子もみな達者のようだ。

そちらのほうには眼張《めばる》の煮付けが出ていた。桜が咲く季節になるとさらに美味だが、いま時分でもうまい魚だ。

「時はかかってもいいからな」

大河内同心が言う。

「では、長逗留のやつしでいきましょう」

腹に一物ありげな顔つきで、千之助が言った。

「いかなるやつしだ」

海津与力が問うた。

「越中富山の薬売りなどがいいでしょう」

千之助が答えた。

「薬売りなら、長逗留でも怪しまれぬからな」

与力が答えた。

「腹痛《はらいた》にも腹下しにも効く万能の薬だっちゃ」

千之助が越中訛りを披露する。

「薬売りなら、隠密廻りのおれも扮したことがある。薬箱を貸そう」

大河内同心が言った。

「そりゃありがたいことで」

千之助は笑みを浮かべた。

「お待たせいたしました」

ここでおみねが肴を運んできた。

里芋の揚げ出しだ。

揚げ出しといえば豆腐がもっぱらだが、今日は里芋を用いてみた。ゆでつぶした里芋に粉をはたいてからりと揚げ、だしでさっと煮て大根おろしを添える。

「里芋のうま味を存分に味わえる料理だな」

海津与力が満足げに言った。

「ありがたく存じます」

真造が厨から言った。

「なら、そんなわけで、薬売りの働き待ちだな」

大河内同心も里芋を口中に投じた。

「任せてくださいまし」

千之助が引き締まった顔つきで答えた。

四

次の日の夕まぐれ――。

馬喰町の通りをやや速足で男が歩いていた。背に箱を負うている。どうやら薬売りのようだ。

「お帰りなさいまし」

旅籠のおかみが声をかけた。

「いま帰ったっちゃ」

越中訛りのある男が笑みを浮かべた。

「このあたりには食べ物屋がいろいろございますので」

おかみが言う。

「荷を下ろしたら、何か食ってくるっちゃ」

男は答えた。

旅籠にはほかにも長逗留の客がいくたりもいるようだった。新たに来た男、いや、薬売りに身をやつしていた千之助は、飯を食いに行くとおぼしい二人組のあとをさりげなくつけた。

二人組は煮売り屋に入ると、酒と煮蛸を注文した。

「お客さん、酒は？」

あるじが千之助にたずねた。

「いや、おいらは下戸だからよ。飯と焼き魚をくんな」

千之助は答えた。

薬箱を背負っていないから、もうやつしをすることはない。

「さようですか。なら、茶を」

「おう、頼む」

千之助は軽く右手を挙げた。

奥のほうに陣取った同じ旅籠の二人は、声を落として話を始めた。

「続けざまにやることになるとはな」

「そっちの段取りもしてたんやさかいに」

「まあ、これも勢いやから」

どちらにも上方の訛りがある。

飯が来た。

とくにうまくもない焼き魚をつつきながら、千之助はなおも聞き耳を立てた。

「で、動くのはいつや」

「そら、かしらに訊いてや」

「明日の晩に寄り合いやさかいにな」

「おう、そこで決まるやろ」

それを聞いて、千之助は一つうなずいた。

そして、ゆっくりと茶を呑み干した。

五

翌日の晩――。

旅籠の奥の部屋に行灯の灯りがともっていた。

「伊丹屋に続いて、鎌倉河岸の三河屋《みかわや》をやるで」

野太い声が響いた。

「へい」

「合点で」

手下たちが答える。

「南新堀の下り酒問屋の次は、神田の鎌倉河岸の醬油酢問屋でんな」

上方訛りのある声が響く。

「そや。二つの問屋に引き込み役を入れて、続けて押し込む段取りをしてたさかいに」

盗賊のかしらとおぼしい男が言った。

「さすがは蝮の大八ですな」

手下がその名を呼んだ。

「食いついたら離さへんさかいに」

べつの手下が言う。

「伊丹屋では稼がせてもろた。次は三河屋や」

蝮の大八が言った。

「そこまで終わったら、当分は堅気でんな」

と、手下。

「いや、いまでも堅気やないかい」

かしらが笑みを浮かべた。

「まあ、そらそうでんな。ちゃんとしたあきないやさかいに」

手下が言った。

「売り物はお客さんに喜ばれてるんで」

今度は女の声が響いた。

「あらしを乗り越えた縁起物やて言うたら、あほどもは頭から信じこんで買《こ》うていくわ。赤子の手をひねるようなもんや」

かしらは嫌な手つきをした。

「押し込みに比べたら大した実入りにはなりまへんけどな」

手下が言う。

「その代わり、世を忍ぶ仮のあきないにはなるわいな。ほんで、またじっくり段取りを整えて、大《お》っきい押し込みをやったらええねん」

蝮の大八は平然とそう言ってのけた。

「さすがはかしら」

「頭の出来がちゃいまんな」

手下たちがおだてる。

「縁起物はそれなりにええ実入りになるんで」

女が言った。

「そやな。三河屋の押し込みが終わったら、おとなしゅう旅籠を続けたろ」

蝮の大八が言った。

「三十八文見世もな、あんた」

そのつれあいの声が響いた。

盗賊のかしらとその女房は、江戸の町でべつの名を名乗っていた。

馬喰町の宝屋のあるじの亀吉とおつるだ。

三十八文見世付きの旅籠は、盗賊のねぐらだった。

六

「そうか。さすがは忍びの末裔だな」

海津与力が満足げに言った。

八丁堀の屋敷の一室だ。

千之助はいったん宝屋を抜け、御用組のかしらに報告に来た。

「では、いよいよ捕り物ですね」

竜之進もいる。ことに気の入った表情だ。

「決まったら、あとで大河内にもつないでくれ」

海津与力が言った。

「へい、承知で」

千之助がすぐさま答えた。

「引き込み役で三河屋に入っていた手下が休みを取り、宝屋へつなぎに来た日に網を張って一網打尽にできれば上々なのだが」

海津与力はそう言って、竜之進の顔を見た。

「では、占ってみましょう。捕り物そのものについては、すでに沢地萃という良き卦が出ておりますが」

易者でもある若き剣士が言った。

「念には念を入れねばな」

と、与力。

「宝屋の長逗留の客のほとんどは手下で、諸国から集めた腕の立つ剣士もいますんで」

千之助が告げた。

「油断は大敵だな」

海津与力が腕組みをした。

「数もいるんで、いくさのつもりでやらねえと」

千之助が手のひらに拳を打ちつけた。

「では、占いを」

竜之進が座り直した。

「おう、頼む」

海津与力が身ぶりで示した。

一つ座り直すと、竜之進は筮竹を操りはじめた。

「示したまえ、啓きたまえ……鋭《えい》っ！」

卦が出た。

それを見た竜之進の表情が少しやわらいだ。

「上々か」

それと察した海津与力が短く問うた。

「はい」

竜之進は笑みを浮かべた。

七

「三河屋の人たちは、頭から信用してくれてるんで」

引き込み役がにやりと笑った。

宝屋の一室に灯りがともっている。今夜は押し込み前の最後の寄り合いだ。

「情が移ったりはせえへんか」

蝮の大八が問うた。

「みなええ人なんで、目の前で殺《あや》められたら後生が悪いかもしれまへんが」

引き込み役は目に指をやった。

「そら、心を鬼にせんとな」

盗賊のかしらが言った。

「へえ、分かってま」

引き込み役がうなずく。

「用心棒はおらぬのか」

眉間に向こう傷のある男が問うた。

「そこまでの用心はしてへんようです」

引き込み役が答えた。

「それは斬り甲斐がないのう」

盗賊に加わっている剣士がそう言って、茶碗酒をあおった。

「張り合いがないかもしれまへんが、沢山《ようけ》斬ったってくださいい、先生がた」

蝮の大八が言った。

「おう、斬ってやろう」

「心得た」

剣士たちが腕を撫《ぶ》した。

金に目がくらみ、盗賊の一味に加わっている者どもだが、腕に覚えはある。

「なら、細かい段取りやな」

盗賊のかしらが言った。

「へい、絵図面はこれで」

引き込み役が畳の上に絵図面を広げた。

三河屋の蔵はどこか、錠の鍵はだれが持っているか、その他もろもろのことが細かく打ち合わせられていく。

「蔵の鍵は、あるじが後生大事に持ってるんやな」

蝮の大八がそう言って酒を啜った。

「そのとおりで。肌身離さず持ってますわ」

引き込み役が答える。

「それは、首筋に刃物を突きつければよかろう」

用心棒の剣士が身ぶりをまじえる。

「斬ってしまったらいかぬか」

もう一人の剣士が問うた。

「蔵のほかにも隠しどころがあるかもしれまへんで、先生」

かしらがすかさず言った。

「全部吐かせてからにしましょ」

三十八文見世で客の相手をしているときとは打って変わった表情で、おかみが言った。

「なるほど、急いては事を仕損じるか」

用心棒は苦笑いを浮かべた。

「ん？　何や」

蝮の大八が顔を上げた。

旅籠の前の通りで人の気配がしたのだ。

手下がすかさず立ち上がって縁側に出る。

「捕り物でっしゃろか」

外の様子を見た手下が首をかしげた。

御用、と記された提灯が見えた。

「捕り物やて？」

かしらの顔つきが変わった。

「まさか、うちやないやろね」

おかみが眉根を寄せる。

用心棒の一人が刀をつかみ、ぬっと立ち上がった。

そのとき……。

旅籠の一階から声が響いた。

「われこそは、世の安寧を護《まも》る御用組の与力、海津力三郎なり」

凜とした声が響きわたる。

「同じく、御用組の同心、大河内鍋之助なり。蝮の大八、神妙にいたせ」

大河内同心も名乗りを挙げた。

「げっ」

手下がうろたえる。

「御用だ」

「御用」

前の通りで提灯が揺れる。

町方の捕り方だ。

「ええい、やっちめえ。皆殺しだ」

蝮の大八が叫んだ。

「おうっ」

「斬ってやる」

用心棒たちが抜刀する。

盗賊のねぐらだった宝屋で、いよいよ捕り物が始まった。

第七章　捕り物と打ち上げ

一

新宮竜之進の眼光が鋭くなった。

すでに抜刀している。

宝屋の二階だ。

「神妙にいたせ」

対峙《たいじ》する用心棒に向かって言う。

敵は凶剣をもって応えた。

「きえーい！」

化鳥《けちょう》のごとき声を発すると、上背のある用心棒は上段から剣を打ち下ろしてきた。

がしっと竜之進が受け止める。

火花が散った。

敵の剣は膂力《りょりょく》にあふれていたが、竜之進も日頃から鍛錬を怠っていない。いささかも引けを取るものではなかった。

押し返す。

身の力ばかりではない。気を込め、敵の力を根こそぎ殺《そ》ぐ法を竜之進は会得していた。御用組のほかの剣士には使えない技だ。易者の顔もある若き剣士だけがこの秘法を操ることができる。


悪しきものよ、消え失《う》せよ。

この江戸はうぬらの住処《すみか》ではない。

喝！


竜之進は敵の心に楔《くさび》を打った。

最も深いところに刺さる楔だ。

「うっ」

用心棒がうめいた。

いまおのれが何をしているのか。次に何をなすべきなのか。一瞬、頭の中が真っ白になり、何も考えられなくなってしまった。

心の芯に楔を打たれたせいだ。

いまだ。

敵が空白に陥ったことは分かった。

この隙を突くべし。

竜之進はぐっと敵を押し、体《たい》を離した。

間ができた。

用心棒が我に返った。

だが、遅すぎた。

「てやっ」

竜之進の剣が一閃《いっせん》した。

破邪顕正《はじゃけんせい》の聖剣は、悪しき者を袈裟《けさ》斬りにしていた。

ばっ、と血しぶきが舞う。

「ぬんっ」

竜之進はとどめを刺した。

心の臓を貫く。

一人目の用心棒は、がっくりと頽《くずお》れて死んだ。

二

「御用だ」

「御用！」

捕り方の提灯が揺れる。

「あんたっ」

宝屋のおかみが叫んだ。

逃げ出そうとしたが、行く手に捕り方がいた。

「ええい、やっちめえ」

蝮の大八が長脇差《ながどす》を抜いた。

手下とともに、捕り方の網を破ろうとする。

その前に、御用組の面々が立ちはだかった。

「神妙にせよ」

海津与力が剣を振りかざした。

「観念してお縄につけ」

大河内同心も続く。

「ぎゃっ」

盗賊の一味の一人がのけぞって倒れた。

屋根の上に千之助の姿があった。

手裏剣の腕はたしかだ。

「先生っ」

盗賊のかしらが、もう一人の用心棒に声をかけた。

「おう」

六尺豊かな偉丈夫が前へ進み出る。

御用組は海津与力が迎え撃った。

「ぬんっ」

偉丈夫が振り下ろした剣を真正面から受け止める。

外連味《けれんみ》のない剣だ。

「死ねっ」

用心棒が再び剣を振るってきた。

だが……。

海津与力は見切っていた。

一刀流系の剣だ。初太刀《しょだち》さえ受けきれば、あとはだんだん力が弱まってくる。

「御用だ」

「御用！」

捕り方の声が高くなった。

おかみのおつるが捕まった。手下もいくたりかお縄になった。

御用組は勢いづいていた。

「観念せよ」

そう言うなり、海津与力が鋭く踏みこんだ。

用心棒の防ぎの剣が遅れた。

「ぎゃっ」

悲鳴があがる。

隠密与力の剣は、悪しき者の眉間をたたき割っていた。

かくして、盗賊に雇われた二人の用心棒は斃《たお》れた。

三

「ちっ」

屋根の上の千之助が舌打ちをした。

盗賊の手下が屋台のあるじとおぼしい男に刃物を突きつけ、人質に取っていた。

「どけどけっ」

それを見た蝮の大八が叫んだ。

「どかねえと、こいつの命はねえぞ」

長脇差を振りかざして凄む。

「お、お助けを」

人質が哀願した。

「なめた真似をするんじゃねえぞ」

手裏剣をかざした千之助に目を止め、盗賊のかしらが野太い声で言った。

数々の修羅場をくぐってきた盗賊だ。勘も働く。

「竜之進」

大河内同心が声をかけた。

「はっ」

竜之進が前へ進み出た。

「人質を放せ」

蝮の大八に向かって言う。

「だれが放すか」

盗賊のかしらは手下のほうを見た。

「しっかり刃物を突きつけていろ。放すな」

蝮の大八はそう命じた。

「へい」

手下が答える。

わずかなあいだだが、竜之進は死角に入った。

だれもそちらを見ていなかった。

いまだ。

若き武家はふところに忍ばせていたものを取り出した。

笊竹だ。

ただの笊竹ではない。先が鋭くとがっている。

神仏よ、この一刀に力を与えたまえ。

祈《き》！


気を集めるや、竜之進は笊竹を投げた。

「ぎゃっ」

蝮の大八が眉間を押さえた。

間髪を容《い》れず、次の笊竹を投げる。

「うわっ」

人質に刃物を突きつけていた手下が目を押さえた。

「加勢するぜ」

千之助がそう言うなり、手裏剣を放った。

「ぐわっ」

盗賊のかしらが叫んだ。

手下が手を放す。

「ひえええっ」

人質に取られていた男があわてて逃げだした。

「召し捕れ」

海津与力の声が高くなった。

「おうっ」

捕り方は勢いを得た。

「御用だ」

「御用！」

手負いの者たちに群がる。

「逃すな」

大河内同心が声を張りあげた。

盗賊たちには、もはや抗《あらが》う力は残っていなかった。

「神妙にせよ」

最後に、海津与力がかしらを峰打ちにした。

「うぐっ」

蝮の大八がうめく。

「御用だ」

「御用！」

わらわらと捕り方が集まった。

次なる押し込みを企てていた盗賊は、たちまち後ろ手に縛られた。

四

「働きだったな、竜之進」

海津与力が酒をついだ。

二日後のわん屋の二幕目だ。初めての捕り物で大いに力を発揮した新宮竜之進に、大河内同心と千之助もいる。

「どうにか盗賊を退治できました」

竜之進が白い歯を見せた。

「笹竹の腕はさすがで」

千之助が腕を振り下ろすしぐさをした。

「占いをされたんですか？」

　座敷に料理を運んできたおちさがたずねた。

　今日は習いごとがないから、二幕目に入っても手伝いを続けている。

「い、いや、そういうわけでは」

　竜之進は急にどぎまぎして答えた。

「まあ、そういうことにしておいてくれ」

　海津与力が笑みを浮かべた。

「はい」

　おちさも心得て笑みを返した。

「これはうまそうだな」

　飯椀に盛られたものを見て、大河内同心が言った。

「中食の膳でもお出しした筍の木の芽丼でございます」

　おちさが答えた。

「二幕目ではいくらか小ぶりにしております」

　真造が厨から言った。

「これくらいだと酒の肴になるね」

一枚板の席に陣取っていた大黒屋の隠居の七兵衛が言った。

「おいしゅうございます」

お付きの巳之吉がいつもの笑顔で言う。

「中食はうちの店子たちもうまかったと言っていたよ」

人情家主の善之助の顔もあった。

「なら、さっそく食おう」

海津与力が箸を取った。

あく抜きをした筍を食べやすい大きさに切り、つけだれにからめて四半刻おく。

酒四、味醂三、醤油二。

つけだれはこの割りで、さっと煮立たせておく。

筍に串を打ち、つけだれを裏表にかけながら香ばしく焼いていく。焼きあがったら、包丁でたたいて香りを出した木の芽を振る。

いよいよ盛り付けにかかる。ほかほかのご飯を飯椀に盛り、つけだれをいくらかかけてから筍を盛れば、春の恵みの筍の木の芽丼の出来上がりだ。

「見て良し、食って良しだな」

大河内同心が満足げに言った。

「さくさくしていて香ばしい」

海津与力が和す。

「ちょうどいい焼き加減で」

千之助も笑みを浮かべた。

「ありがたく存じます」

おみねが頭を下げた。

続いて、白魚の筏焼きが出た。これも春の恵みのひと品だ。

「美濃屋さんの瀬戸物の円皿が上品でいいね」

七兵衛が器をほめた。

「横に長いほうが映えるかもしれませんが」

真造が言う。

「いや、これはこれでいい感じだ」

御用組のかしらが言った。

「何にせよ、盗賊を一網打尽にできて重畳でしたな」

大河内同心がそう言って、海津与力に酒をついだ。

「鎌倉河岸の三河屋も胸をなでおろしたことだろう」

隠密与力が猪口の酒を呑み干す。

「引き込み役もお縄になりましたから」

千之助が茶を啜った。

三河屋に入っていた引き込み役は、なすすべもなくお縄になった。盗賊に狙われていたことを知った醤油酢問屋の者たちは、みな心底胸をなでおろした様子だった。

「南新堀の伊丹屋にも知らせておかねばな」

海津与力が言った。

蝮の大八の一味に押し込まれた下り酒問屋だ。

「せめてもの供養になりましょう。……はい、お待たせいたしました」

次の料理を運んできたおみねが言った。

「気張って建て直すつもりらしいから、伊丹屋から酒を仕入れてやれ」

御用組のかしらが言う。

「承知しました。よろしゅうお伝えくださいまし」

わん屋のおかみはそう言うと、鍋敷きを据えてから円い小鍋を置いた。

「どうぞ」

竜之進の前にはおちさが置いた。

「痛み入る」

まだ言葉遣いは硬いが、表情は以前よりずっとやわらいでいた。

「筍の玉子とじか？」

大河内同心が訊いた。

「はい。白魚も入っております」

おみねが笑顔で答えた。

「ここにも木の芽が散らされていて、彩りも良いな」

海津与力が言った。

筍と白魚の小鍋だ。

小ぶりの土鍋に炊いた筍を敷き詰め、だしと酒と醬油と味醂を入れて煮る。醬油は薄口のほうが仕上がりが上品だ。

煮立ったところで白魚を入れ、溶き玉子を少しずつ回し入れる。火から下ろすと、さっとまぜて木の芽を散らす。

「これはうめえや」

千之助が相好を崩した。

「玉子がふわりとしていて美味です」

竜之進も笑みを浮かべる。

「火を通しすぎないのが骨法で」

真造が厨から言った。

「まさに、すべてが円くおさまる料理だな」

海津与力が白い歯を見せた。

五

「この料理は、上総屋《かずさや》さんが食べたら喜びそうだが」

七兵衛がふと箸を止めて言った。

「だいぶお悪いのでしょうか」

お付きの手代が気づかわしげに訊く。

「あまり具合は良くないようだね」

大黒屋の隠居の表情が曇った。

「上総屋といいますと？」

善之助も箸を止めてたずねた。

「同じ塗物問屋でね。二軒あっても仕方がないからわん講には声をかけていなかったんだが、大山講や富士講が一緒で、よくほうぼうへ旅したもんだ」

七兵衛は答えた。

富士登山ばかりでなく、相州の大山参りにも講を組んで出かけることが多かった。

「上総屋さんはどちらに？」

おみねがたずねた。

「京橋の外れだから、ここからそう遠くないよ。かつては仲間内で右に出る者のない健脚だったんだが」

隠居はややあいまいな顔つきで答えた。

「京橋だったら、いざとなったら出前もいたしますので」

真造が言った。

「そうかい。そうならず、本復してくれればいいんだがね」

七兵衛はそう言うと、猪口の酒をいくらか苦そうに呑み干した。

「その節は、ぜひうちにお越しくださいまし」

おみねが言った。

「そう伝えておくよ」

隠居が答えた。

筍と白魚の小鍋の次は、鯛の昆布じめが出た。

切り身をそのままはさむのではなく、塩を振り、酢洗いをしてからはさむのが骨法だ。はさみすぎてもいけない。長くはさむと昆布の味が強く出すぎてしまう。つくり方は簡明だが、料理人の腕が問われるひと品だ。

「お待たせいたしました」

「鯛の昆布じめでございます」

おみねとおちさが座敷に盆を運んでいった。

「これも酒がすすみそうだな」

海津与力が肴をちらりと見て言った。

「おいらは茶で」

千之助が湯呑みをかざしたから、おちさが屈託のない笑顔になった。

それを見て、竜之進も笑みを浮かべた。

ここで客がいくたりも入ってきた。

そろいの半纏の大工衆が座敷に陣取る。

もう一人、常連が顔を見せた。

戯作者の蔵臼錦之助だった。

「できたてのをお持ちしましたよ」

少しおどけた口調で、蔵臼錦之助はあるものを差し出した。

むろん、料理ではなかった。

戯作者が差し出したのは、かわら版だった。

六

「相変わらずの名調子ですね」

ざっとかわら版に目を通した七兵衛が言った。

「このたびは、ことに筆が進みました」

蔵臼錦之助が身ぶりをまじえて言った。

かわら版は座敷にも渡っていた。

「われらは影もかたちもないですな」

大河内同心が声を落として言った。

「あったら困るぞ」

かわら版を読みながら、海津与力が言った。

こう記されていた。


上方で悪名をはせた盗賊、蝮の大八の一味がお縄となれり。

船も巧みに操る盗賊は、南新堀の下り酒問屋伊丹屋に押し入り、あるじとおかみなどを殺めしのち、何食わぬ顔でやつしに戻れり。

そのやつしとは、意想外なあきなひなりき。

馬喰町の宝屋といへば、三十八文見世のついたはたごとして繁盛してゐをり。

驚くなかれ、この宝屋が盗賊のねぐらなりき。


「驚いたな。そうだったのかい」

さっそくかわら版を一枚買った大工衆の一人が言った。

みなのぞきこむ。

「あの三十八文見世は行ったことがあるぜ。あらしを乗り越えた縁起物を売ってた」

「そいつも出まかせだったらしいぜ。あくどいことをやってやがったんだ」

「お縄になってよかったぜ」

大工衆が口々に言った。

かわら版はさらに続いた。


嘘八百の縁起物を売るかたはら、はたごでは長逗留の客をいくたりも泊めてゐをり。実は盗賊の手下や用心棒のたぐひであつても、旅籠の長逗留の客の顔をつくれば世をあざむくことができる。まことに悪知恵のはたらく者なり。

さりながら、天網恢恢《てんもうかいかい》疎にして漏らさず。さしもの悪党も年貢を納める時が来たり。

御用、御用の掛け声いさましく、捕り方が宝屋へなだれこみ、蝮の大八が一味を一網打尽とせり。善哉善哉《よきかなよきかな》。


「お互い、影もかたちもねえな」

千之助が若い武家に言った。

「それでいいです」

竜之進が笑みを浮かべた。

手裏剣と笹竹で活躍した二人だが、むろんかわら版ではひと言も触れられていない。そもそも、蔵臼錦之助はおおまかな話だけ聞いて見てきたように書いているだけだから、この二人が登場するはずもなかった。

「お待たせいたしました。蕨《わらび》の白和えでございます」

おみねが次の肴を運んできた。

蕨はあく抜きに手間がかかる。熱湯に灰を入れてゆで、水にさらしておく。そこから味を含ませるのにも時がかかるが、段取りよく運べば春の恵みの味になる。

「蕨は若竹煮にも」

おちさが次の椀を出した。

若竹に若布に蕨。「わ」のつく三つの食材が円い椀のなかで響き合っている。

「どんどん出るな」

海津与力が笑みを浮かべた。

「あとで鯛茶もお出しします」

厨から真造が言った。

「なかなか腰を上げられないね」

七兵衛が笑う。

「やつがれは来たばかりなので、どんどんいただきましょう」

蔵臼錦之助が蕨に箸を伸ばした。

「何にせよ、初陣は上々で何よりだったな」

海津与力がそう言って、竜之進に酒をついだ。

「はい、おかげさまで」

さわやかな表情で答えると、御用組の若き武家は猪口の酒をくいと呑み干した。

第八章　浅蜊と蛤づくし

一

「おっ、今日は浅蜊づくしかい。おいらの好物だ」

貼り紙に目をとめたなじみの左官衆の一人が言った。

そろそろ桜の蕾がふくらみだした時分のわん屋の前だ。

「おいらも好物だぜ。浅蜊玉子丼に浅蜊の酒蒸しに浅蜊汁か。ほんとに浅蜊づくしだな」

仲間が言う。

「よし、入った入った」

「おう」

揃いの半纏姿の左官衆は次々にのれんをくぐっていった。

「いらっしゃいまし。お座敷、空いてます」

おちさが身ぶりをまじえて笑顔で言った。

「おっ、今日もいい顔だな」

「そろそろ嫁に行きな」

左官衆が声をかけながら座敷に上がる。

「相手がいないので。少々お待ちください」

軽くいなすと、おちさは厨のほうへ向かった。

一枚板の席にはもういくたりも先客がいた。鍛錬館のあるじの柿崎隼人と門人たちの顔もある。

「浅蜊玉子丼も酒蒸しも、さすがの出来だな」

道場主が満足げに言った。

「面と胴を同時に打たれたみたいです」

門人が和す。

「はは、うまいことを言うな」

柿崎隼人が笑みを浮かべた。

合わせだしに浅蜊のむき身を投じ入れ、煮立ったところで溶き玉子を回し入れる。ふわっと火が通ったところで下ろし、半熟のものをほかほかの飯にのせ、三つ葉と木の芽を散らせば浅蜊玉子丼の出来上がりだ。

「こりゃうめえ」

「玉子だけでも贅沢なのによ」

「浅蜊もぷっくりでありがてえ」

座敷の左官衆はみな笑顔だ。

玉子は値の張る品だが、わん屋にはいい伝手《つて》があり、わりかた安く仕入れることができた。

「酒蒸しを食うと、昼間から呑みたくなるな」

柿崎隼人が言った。

平たい鍋に油を敷き、つぶした大蒜《にんにく》を炒める。香りが出たところで浅蜊と酒を投じ入れ、蓋をして酒蒸しにする。

頃合いを見て蓋を取り、ざく切りの韮《にら》を入れてなおひとしきり煮る。韮がしんなりしてきたら浅蜊の酒蒸しの出来上がりだ。

「これから稽古ですから、駄目ですよ、先生」

門人が笑って言った。

「分かってるよ。酒より飯だな」

道場主が言った。

「白いご飯をお持ちいたしましょうか」

それを耳にしたおちさがすかさず言った。

「おう、頼む。茶碗一杯で」

柿崎隼人は指を一本立てた。

「承知しました」

手伝いの娘は笑顔で答えた。

二

二幕目には珍しい客がやってきた。

お忍びの大和高旗《やまとたかはた》藩主、井筒美濃守高俊《いづつみののかみたかとし》だ。

「無沙汰であった。御役がついて、それなりに忙しくてな」

井筒高俊はそう言うと、一枚板の席に腰を下ろした。

お付きの藩士、御子柴大膳《みこしばだいぜん》も続く。

「お忙しいのは何よりでございます」

おみねが笑みを浮かべた。

「浅蜊の酒蒸しができますが、いかがいたしましょう」

真造が水を向けた。

「おう、いいな。頼む」

お忍びの藩主が軽く右手を挙げた。

大和高旗藩は上方の小藩だが、井筒高俊は参勤交代を免除されている定府大名だ。おかげで国の訛りはなく、気っ風のいい江戸言葉だ。

かつて、江戸を舞台とした大がかりな「三つくらべ」が行われた。大川を泳ぎ、馬で駆け、韋駄天《いだてん》が走る催しだ。

江戸の邪気を祓うために初めて行われたこの催しには、御用組も出場した。水練の名手の海津与力が泳ぎ、依那古神社の宮司の馬につないだ。真斎は神馬の浄雪を慎重に歩ませ、韋駄天の千之助に後を託した。

泳ぐ、馬を駆る、走る。

この三つくらべを御用組と競ったのが、大和高旗藩の精鋭と火消し衆だった。そういわん講の面々も、水や食べ物を出す休みどころなどの裏方として支えた。

う縁があるから、お忍びの藩主はその後も折にふれてわん屋ののれんをくぐってくれる。

酒蒸しができた。

「これは絶品だな、あるじ」

食すなり、井筒高俊が言った。

「ありがたく存じます。木の芽田楽はいかがでしょう」

真造が次の料理をすすめる。

「良いな。もらおう」

大和高旗藩主は歯切れよく答えた。

ややあって、木の芽田楽ができた。

味噌をいくぶん焦がし気味にすると香ばしくてことにうまい。むろん、焦がしすぎてはいけない。そのあたりは料理人の腕だ。

「これも酒がすすみますね」

御子柴大膳がそう言って酒をついだ。

「うむ。わん屋の料理はどれもそうだ」

井筒高俊が白い歯を見せたとき、見慣れぬ者たちが入ってきた。

若者と娘、それに、手代とおぼしい男だ。

「相済みません。前に小ぶりの荷車を置かせていただいております」

若者がかなり緊張の面持ちで言った。

「荷車でございますか」

おみねが少し怪訝《けげん》そうな顔つきになった。

「はい。申し遅れました」

若者は一つ頭を下げてから名乗った。

「手前は南新堀の下り酒問屋、伊丹屋の跡取り息子の礼助《れいすけ》と申します」

三

あとの二人は、礼助の妹のおさえと手代の卯之吉《うのきち》だった。

海津与力から知らせを受けた伊丹屋の面々は、あきないがてらあいさつのためにわん屋を訪れたようだった。

「このたびは大変な災難でございました」

おみねが気の毒そうに言った。

「何と申し上げればいいものか」

御用組から仔細を聞いているわん屋のあるじも沈痛な面持ちで言った。

蝮の大八一味に押し込まれた伊丹屋は、あるじとおかみ、それに番頭などを殺められてしまった。礼助とおさえは、二親を一時《いちどき》に亡くしてしまったことになる。

一枚板の席では、御子柴大膳がお忍びの藩主に小声でいきさつを伝えていた。かわら版にも載った大きな押し込みだったから、藩士は出来事の大筋を頭に入れていた。

井筒高俊はいくたびもうなずきながら聞いていた。

「あきないじまいも考えたのですが、亡き父と母が……」

礼助はそこで言葉に詰まった。

「ずっと守ってきた伊丹屋ののれんですから」

妹のおさえが気丈に言う。

「上方の造り酒屋さんたちも、ありがたいことに助けの手を伸ばしてくださったので」

礼助は両手を合わせた。

「で、荷車を引いてお越しということは、お酒も？」

おみねがたずねた。

「舌だめしの小ぶりの樽を三つほど運んでまいりました」

手代の卯之吉が答えた。

礼助と同じくらいの年恰好で、頼りになりそうな感じだ。

「ならば、舌だめしをしよう」

大和高旗藩の藩主が言った。

「こちらはさる大身の御旗本で」

おみねがそう紹介した。

いきなり大名だと告げたら驚くだろうから、まずはそう話を取り繕っておいた。

「さようですか。ありがたく存じます」

礼助は深々と一礼した。

「では、運んでまいります」

手代が動いた。

ややあって、樽が運びこまれてきた。

「せっかくですから、何か召し上がっていってくださいまし」

おみねが一枚板の席の空いているところを手で示した。

「どうぞ」

座敷でからくり人形の円太郎で遊んでいた円造もわらべなりにすすめる。

「浅蜊の酒蒸しに、さっそく使わせていただきます」

真造が乗り気で言った。

「でしたら、辛口のこちらのほうがよろしかろうと」

図らずも伊丹屋の若あるじになった男が一つの樽を示した。

「こちらは甘口で？」

おみねがべつの樽を指さした。

「はい。燗酒に向くのがこちらで、もう一つは冷やのほうがよろしゅうございましょう」

だいぶほぐれてきた声音で、礼助が答えた。

「ならば、どちらも舌だめしだ。酒蒸しの追加があれば食うぞ」

井筒高俊が言った。

「承知しました」

真造がすぐさま答えた。

四

ややあって、支度が整った。

大和高旗藩主とお付きの武家に、燗酒と冷や酒、それに浅蜊の酒蒸しが供せられた。

伊丹屋の三人にも料理が出る。酒蒸しに加えて、木の芽田楽も運ばれた。

「うむ、さすがは下り酒だ。これは伊丹か」

井筒高俊が訊いた。

「はい、その名のとおり、伊丹の造り酒屋から仕入れております」

礼助が答えた。

「両親も伊丹と縁が深かったもので」

おさえが言葉を添える。

「きっと見守っていてくれるぞ」

大和高旗藩主は情のこもった言葉をかけた。

「はい」

おさえは小さくうなずいた。

「伊丹屋ののれんを守っていくことが、何よりの供養かと」

礼助はそう言って続けざまに目をしばたたかせた。

真造は改めて利き酒をしていた。

三種の酒、それぞれに味わいが違った。ただし、どれもいい品だ。

燗に冷やに料理酒。いずれの品もわん屋の助けになる。

「では、三つとも使わせていただきます。どのお酒も気に入ったので」

利き酒を終えた真造が言った。

「本当でございますか」

伊丹屋の若あるじが驚いたように言った。

「ええ。今後ともよしなに」

わん屋のあるじは笑みを浮かべた。

「ありがたく存じます。亡き父も母も喜びます」

おさえがうるんだ目で言った。

「ならば、わが藩にも入れてもらおう」

井筒高俊が言った。

「それは良うございますね」

御子柴大膳がすぐさま言った。

「承知いたしました。藩、でございますか?」

礼助はややいぶかしげな顔つきになった。

「さきほどお旗本だと申し上げましたが……」

おみねはそこで井筒高俊を見た。

「われこそは、大和高旗藩主、井筒美濃守高俊である……あ、いや、苦しゅうない」

あわてて土間に平伏しようとした伊丹屋の面々を、お忍びの藩主は手で制した。

「縁あって、忍びでわん屋に通っている物好きな武家だ。そう思え」

快男児はそう言って笑った。

「ただし、上屋敷に酒を入れる話は本当で」

御子柴大膳が言った。

「おお、そうだ。どれもうまいから、三種ともに納めてくれ」

舌だめしをしたのはまだ燗酒だけなのに、井筒高俊はそう言った。

「ありがたく存じます。助かります」

礼助が深々と頭を下げた。

「みなさまのおかげで……」

おさえが声を詰まらせた。

「みな気張ってつとめますので」

卯之吉が頭を下げた。

いまは手代だが、そのうち若き番頭になるようだ。

「暗く長い夜も、やがては朝の光が差す。明けぬ夜はない。みなで励め」

大和高旗藩主は情のこもった声で言った。

「はい、ありがたく存じます」

伊丹屋の若あるじが上気した顔で答えた。

やや間があった。

「どうぞ冷めないうちにお召し上がりくださいまし」

伊丹屋の三人の箸が止まっているのを見て、おみねが言った。

「おお、食え。伊丹の酒を使ったこの酒蒸しはことにうまいぞ」

井筒高俊は身ぶりをまじえた。

「はい、いただきます」

礼助の箸がまた動きだした。

おさえと卯之吉も続く。

浅蜊の酒蒸しを、おさえはじっくりと味わいながら食した。

その目尻からほおにかけて、つ、とひとすじの水ならざるものがこぼれ落ちていく。

「おいしいですか?」

それを見たおみねが、やさしい声でたずねた。

「忘れません……この味を」

感慨深げに言うと、おさえは指で目元をぬぐった。

五

翌日の二幕目――。

大黒屋の隠居が手代とともにわん屋ののれんをくぐってきた。

ただし、いつもより浮かぬ顔だ。

「蛤は仕込みに時がかかるから、すぐには料理を出せないね」

七兵衛がやにわに言った。

「砂を吐かせるのに手間がかかりますので。浅蜊なら入ってるんですが」

真造が答えた。

「どなたかがご所望で？」

おみねがそれと察してたずねた。

「実は、上総屋さんがいよいよいけなくなってきてね」

七兵衛はあいまいな表情で答えると、一枚板の席に腰を下ろした。

「まあ、それは」

おみねの表情が曇った。

「それで、上総屋さんは蛤が好物でね。終いに、蛤ご飯と蛤吸いをと所望しているようなんだ」

七兵衛は言った。

「承知しました。明日は一番で仕入れて、昼過ぎにはお届けしましょう」

真造は引き締まった顔つきで言った。

「頼むよ。最後の出前になってしまうかもしれないが」

と、七兵衛。

「そこまでお悪いんですか」

先客の人情家主の善之助が眉根を寄せた。

「医者の診立ては芳しくないようでね」

七兵衛はそう言うと太息をついた。

「おーい、酒のお代わりをくんな」

「筍飯も」

「田楽も焼き増しで」

座敷に陣取った大工衆からにぎやかな声が響いてくる。

「はい、ただいま」

「承知しました」

わん屋の二人が答えた。

今日は大工の一人に子が生まれた祝いごとだから、ことににぎやかだ。それだけに、大黒屋の隠居の友の病勢が芳しくないという知らせが心にしみた。

「こちらは田楽をいただこうかね。……おまえは、筍飯を食べるか？」

七兵衛はお付きの巳之吉にたずねた。

「はい、少し頂戴します」

湿っぽい話が出ていたせいか、手代は控えめに答えた。

「では、蛤は多めに仕入れられるはずなので、明日の中食は蛤づくしにいたしましょう」

真造が言った。

「蛤ご飯に蛤吸いだね」

隠居の表情がやっと少しやわらいだ。

「それに、焼き蛤も」

わん屋のあるじが言う。

「その中食を上総屋さんにも」

おみねが言った。

「なら、段取りはどうするかい？」

七兵衛が問うた。

「上総屋さんの分を取っておいて、中食が終わり次第、わたしが京橋まで運びましょう」

真造が請け合った。

「だったら、中食の終わりがたに顔を出すよ。わたしも行くから」

大黒屋の隠居が言った。

こうして、段取りが決まった。

六

「上総屋さんにはもうひと品、蛤のおぼろ蒸しを加えよう」

中食の支度をしながら、真造が言った。

「そんなにたくさん召し上がれないかもしれないけれど」

おみねが少し首をかしげた。

「残ったら残ったでいい。さすがに、蛤の天麩羅などは召し上がれないかもしれないが」

厨で手を動かしながら、真造が言った。

ふんだんに仕入れた蛤を、朝早くから仕込んだ。

塩水につけて砂を吐かせる。途中で二、三度、静かに水を替える。そして、暗いところに置いておくと、蛤は少しずつ砂を吐く。おおよそ二刻《ふたとき》から二刻半（四、五時間）かかる。

こうして下準備をした蛤を使った炊き込みご飯と、潮の香りのする蛤吸い、それに、仕上げに酒と醤油を垂らした焼き蛤、わん屋自慢の蛤づくし膳が供せられた。

厨の真造は大忙しだった。

蛤づくし膳に加えて、上総屋の出前の支度もせねばならない。蛤のおぼろ蒸しは手間のかかる料理だ。

蛤と水と昆布を火にかけ、殻が開いたら取り出して身を外す。

蛤のうま味が出ただし汁はさましておき、溶き玉子を加えて漉《こ》す。

蛤の身を投じ入れ、味醂と塩と醤油を加えて蒸し、仕上げに木の芽を散らせば、おぼろ月さながらのおぼろ蒸しの出来上がりだ。

「あ、ご隠居さん、いらっしゃいまし」

手伝いのおちさが声をかけた。

「今日は膳はいらないよ。家で軽く済ませてきたからね」

七兵衛が言った。

お付きの巳之吉はいない。上総屋の出前についていくのは大黒屋の隠居だけだ。

「まもなく支度が整いますので」

真造が厨から言った。

「ああ、世話をかけたね」

七兵衛が労をねぎらった。

中食の蛤づくし膳は滞りなく売り切れた。

「後片付けはおちさちゃんとやっておくから、出前のほうを」

おみねが言った。

「分かった。頼むよ」

真造はすぐさま答えた。

倹飩箱が用意された。温石《おんじゃく》も入った。

「これでよし」

真造が言った。

「なら、上総屋さんまで」

七兵衛が軽く右手を挙げた。

「承知しました」

わん屋のあるじが倹飩箱をつかんだ。

七

すぐわん屋へ戻るつもりだったが、立ち去りかねた。運んできた蛤づくしの膳に上総屋のあるじが少しでも口をつけるまで、真造は座敷の端に控えて見守ることにした。

「上総屋さんの好物の蛤料理を、わん屋さんが届けてくださったよ」

七兵衛が言った。

「さ、おとっつぁん」

跡取り息子が手を貸す。

おかみと娘、それに番頭も心配そうに見守っていた。

「炊き込みご飯に焼き蛤に蛤吸いにおぼろ蒸し、どれもおいしそうだよ」

ともにほうぼうを旅した大黒屋の隠居が言った。

「蛤吸い、を」

どうにか身を起こした上総屋のあるじの和三郎《わさぶろう》がかすれた声で言った。

「蛤吸いだね」

跡取り息子の新太郎《しんたろう》が椀に手を伸ばした。

蓋を取ると、桜の花びらのようなものが見えた。

花びら人参だ。

人参を花びらのかたちに薄く切って煮たものを椀物に添えると、色合いも良く趣が出る。

「ここで花見だね、上総屋さん」

七兵衛が笑みを浮かべた。

「……きれい」

ちらりと見た娘が、ぽつりと言った。

和三郎は少し汁を呑んだ。

ほっ、と一つ息をつく。

「どうだい、味は」

七兵衛が問うた。

「いい、味だ」

上総屋のあるじが感慨深げな面持ちで言った。

「蛤も食べな、おとっつぁん」

新太郎がやさしい声音で言った。
「ああ」
和三郎の口中に蛤が入った。
ゆっくりと味わいながらかむ。
「おいしいかい？　おまえさん」
おかみが問う。
上総屋のあるじは小さくうなずいた。
満足げな面持ちだ。
それを見た真造は静かに腰を上げた。
ここが潮時だと思ったのだ。
七兵衛にさりげなく目くばせをすると、わん屋のあるじは座敷を出た。

どうか本復して、うちへお越しくださいまし。
ありがたく存じました。

心のなかでそう言って、真造は頭を下げた。

第九章　味の船

一

上総屋のあるじが本復して、わん屋ののれんをくぐることはなかった。

和三郎が亡くなったのは、翌る日の朝だった。眠るがごとき大往生だったらしい。

その知らせをもたらしたのは、大黒屋の隠居の七兵衛だった。

「最後に、好物を食べて……」

七兵衛はそこで続けざまに瞬きをした。

わん屋は二幕目に入っていた。今日は習いごとがないおちさも残っている。

「本復されるようにお祈りしていたのですが」

真造が残念そうに言った。

「うちのお料理を喜んでくださったでしょうか」

おみねがぽつりと言った。

「そう思うよ。さすがに炊き込みご飯までは食べられなかったんだが、おぼろ蒸しは時をかけて半ばまで胃の腑に入れていた」

七兵衛がそう伝えた。

「さようですか」

真造が感慨深げな面持ちで言った。

おちさが目元に指をやる。

「つらいことだね」

友を亡くした七兵衛が言った。

ここで、富松と丑之助がのれんをくぐってきた。

「おう。つとめのきりがついたから、今日は呑むぜ」

竹箸づくりの職人が妹に言った。

「ん？　ちょいと見世の気が湿っぽいな」

竹細工職人がそれと察して言う。

「ご隠居の古いご友人の上総屋さんが亡くなったので」

おみねが告げた。

「昨日、わん屋さんに最後の出前を頼んでね」

七兵衛がそう言って、ともに一枚板の席に腰を下ろした二人の職人に仔細を告げた。

「そうですかい。最後に好物の蛤料理を」

丑之助がうなずいた。

「そりゃあ、向こうへ行く味の船になりまさ」

富松がしみじみと言った。

「味の船か……いい言葉だね」

隠居が感慨深げに言ったとき、またいくたりか客が入ってきた。

御用組の面々だった。

二

「そうかい。亡くなる前に好物の蛤料理を」

座敷に陣取り、話を聞いた海津与力が言った。

「おれは最後に何を食うかな」

大河内同心があごに指をやった。

「最後はともかく、腹が減ったんで」

千之助が帯に手をやった。

その隣で、竜之進が笑みを浮かべた。

蝮の大八の一味は上方から流れてきて、江戸で悪事を働いた。ことによると、日の本のどこかに残党がいるかもしれない。

ここで竜之進の出番が来た。

周到に卦を立てたところ、近江のほうに暗雲が漂っていた。今度は千之助の出番だ。韋駄天を飛ばしてかの地へ向かい、代官所につないで網を張ったところ、首尾よく残党の捕縛に至った。いま少し動くのが遅れていたら、近江のあきんどが犠牲になっていたかもしれないが、これで後顧の憂いがなくなった。

というわけで、今日は二人の労をねぎらう打ち上げでわん屋ののれんをくぐってきたのだった。

「中食にお出しした炊き込みご飯がまだ残っておりますが」

真造が厨から言った。

「何の炊き込みご飯だい」

海津与力が問うた。

「桜鯛と筍でございます」

真造は答えた。

「そりゃ春らしいな」

大河内同心が言う。

「ぜひくんな」

千之助が乗り気で言った。

「わたくしもいただきます」

竜之進も和す。

「二幕目にもお出ししようと思って、多めに炊いてありますので」

おみねが言った。

「そいつぁ食わなきゃ」

丑之助が右手を挙げた。

「お兄ちゃんも？」

おちさが富松に訊いた。

「もちろん食うさ」

竹箸づくりの職人が答えた。

「なら、わたしもいただくかね」

七兵衛が気分を変えるように言った。

「手前も頂戴します」

お付きの巳之吉が進んで言う。

結局、頭数分だけ炊き込みご飯が供せられることになった。

「これは取り合わせの妙だな」

海津与力が食すなり言った。

「桜鯛にしっかり焦げ目をつけて、臭みを抜いておりますので」

真造が言った。

桜の時分の鯛はことにうまい。桜鯛の名がつくゆえんだ。

「そろそろ花見の段取りもしねえとな」

丑之助が富松に言った。

「うかうかしてると、ぱっと咲いて散っちまうから」

富松がそう答えて、猪口の酒を呑み干した。

「お花見のお弁当でしたら、いくらでもおつくりしますので」

おみねが笑みを浮かべた。

「おう、そりゃ頼むぜ」

と、丑之助。

「あきないがうめえな」

富松が笑った。

そこへ、また人が入ってきた。

「遅くなりました。器を返しにまいりました」

そう言って頭を下げたのは、上総屋の跡取り息子の新太郎だった。

三

「本来なら、きれいに洗って器をお返しすべきところなのですが……」

新太郎はいくたびか瞬きをしてから続けた。

「おとっつぁんが最後に食べていた料理かと思うと、捨てるに忍びなく、そのままお返しに」

上総屋の跡取り息子はすまなそうに言った。

「こちらで片づけておきますので」

おみねが言った。

「気持ちは分かるよ」

七兵衛がゆっくりとうなずいた。

「ちょっとよろしいでしょうか」

竜之進が右手を挙げた。

「どうした」

大河内同心が問う。

「亡くなる前に最後に召し上がっていた料理なら、そこはかとない気が残っているかもしれません。それを読んでみたいと思いまして」

竜之進は答えた。

「おとっつぁんの気を？」

新太郎がいぶかしげな顔つきになった。

「この男は、こう見えても易者なのだ」

海津与力が教えた。

「とてもそうは見えねえがな」

千之助が笑みを受かべて湯呑みに手を伸ばした。

「では、相済みませんが、お願いいたします。おとっつぁんが最後にどう思ったのか、満足して向こうへ行ったのか、手前も知りとうございます」

新太郎が言った。

「承知しました。拝見します」

竜之進が腰を上げた。

上総屋のあるじが最後に食していたのは、蛤のおぼろ蒸しだった。

半ば残されたものを、竜之進はしばしじっと見つめた。

その唇がかすかに動く。

どうやら呪文を唱えているようだった。

ややあって、竜之進は瞑目《めいもく》した。

そして、両手を合わせてから目を開けた。

「上総屋さんは味の船に乗ってあの世へ行ったんじゃないかという話をしていたところでね」

隠居が言った。

「おいらが言ったんで」

富松が軽く右手を挙げる。

「味の船ですか……たしかに」

竜之進はうなずいてから続けた。

「かすかに、穏やかな気が残っておりました。味の船に乗り、もう苦しみ患うことのない浄土へと旅立たれたことでしょう」

その言葉を聞いて、新太郎は目尻に指をやった。

「さようですか。味の船に乗って、浄土へ……」

上総屋の跡取り息子は喉の奥から絞り出すように言った。

「これからは、浄土で穏やかに」

竜之進はわずかに笑みを浮かべた。

「はい」

新太郎がうなずいた。

「ちょうどいいところに居合わせたな、竜之進」

海津与力が言った。

「少しはお役に立てたかと」

竜之進は笑みを浮かべた。

次の料理を運んできたおちさと目が合う。

手伝いの娘も笑みを返した。

「では、手前はこれで」

新太郎が頭を下げた。

「ご苦労さまでございました」

「わざわざありがたく存じます」

わん屋のあるじとおかみの声がそろった。

四

その晩――。

海津屋敷の長屋の一室に行灯の灯りがともっていた。

新宮竜之進の部屋だ。

装束を改めた竜之進は筮竹を握った。

示したまえ……

啓きたまえ……

ひとしきり呪文を唱えてから筮竹を操る。

さりながら、その顔つきはどこか穏やかだった。

盗賊の残党の居場所を突き止めるべく、占いを行ったときとは雲泥の差だ。

上総屋の跡取り息子が帰ったあと、なおしばらくわん屋で呑み食いをした。炊き込みご飯に続く、桜鯛の煮物に鯛茶、鯛づくしの料理はどれも美味だった。

そのうち、おのおのの生まれ日がいつかという話になった。兄の富松に続いて、手伝いのおちさも明かした。

思い切って、干支も訊いてみた。おちさはすぐに答えてくれた。

これで占いができる。

いくらか気は引けたが、やってみることにした。

いざ筮竹を握ると、どうしたことか、急に胸のあたりがきやきやしてきた。

おちさの笑顔がだしぬけに浮かんだ。

「お酒のお代わりをお持ちしました」

明るい声で燗酒を運んできたばかりか、酌までしてくれた。

「痛み入る」

いささか硬い声で答えて、猪口の酒を呑み干した。

竜之進の顔が赤くなったのは、酒のせいではなかった。


示したまえ……

啓きたまえ……


小声でそう唱えると、竜之進は卦を立てた。

出た卦を読む。

それを見て、御用組の若き武家の表情がにわかにやわらいだ。

五

桜が満開になった。

わん屋でも花見の話題で持ちきりになった。

弁当の注文もほうぼうから来たから大忙しだ。

器は丑之助がつくった竹細工のものを使った。紙を敷けば、揚げ物も入れられる。二段重ねにして巻き寿司などを入れればちょうどいい花見弁当になった。

「どこかへお花見に行くの？」

中食が終わって帰り支度を始めたおちさに向かって、おみねがたずねた。

「とくに約束はしていないので、近場でいいところがあればと」

おちさは答えた。

「八丁堀の神社の角にいい桜が植わっていると、大河内さまが昨日おっしゃっていたけれど」

真造が言った。

「へえ、帰りに寄ってみようかしら」

おちさが乗り気で言った。

「それなら、場所を教えるよ。くわしく聞いたから」

中食の後片付けをしながら、真造が言った。

「本当ですか？　なら、教えてください」

物おじしない娘が答えた。

真造は手際よく場所を教えた。

名所ではなく、知る人ぞ知る桜だから、近場の者しか見物には来ないらしい。

「なら、さっそく帰りに寄ってみます」

おちさは笑顔で言った。


竜之進はゆっくりと歩を進めていた。

近くの神社にいい桜が咲いている。昨日もひとしきりながめたのだが、日の光を受けてさざめく桜の花びらはたとえようもなく美しかった。

一人で神社へ向かう。

大きな鳥居のある構えた神社ではない。いたって小体《こてい》な構えだ。

そちらへ向かっているうち、風の音がいくらか変わった。


来るぞ……。

来るぞ……。


そうささやいているかのようだった。

その予感めいたものの正体がほどなく分かった。
神社の桜が見えた。
枝ぶりのいい桜をながめている先客がいた。
娘だ。
それがだれであるか、竜之進には分かった。
おちさだ。
思わず、きびすを返そうとした。
いま進めば、桜のところで鉢合わせになってしまう。
しかし……。
竜之進は考え直した。
自室で行った占いではいい卦が出ていた。
追い風が吹いている。
ここで引き返したら、後悔するぞ。
逃げるな。
おのれのさだめから逃げるな。

竜之進はおのれにそう言い聞かせた。

一つ咳払いをすると、竜之進は再び歩きだした。

六

「まあ、これは……」

おちさは目を瞠った。

「良き桜であろう?」

竜之進はぎこちない笑みを浮かべた。

「はい、あの、このあたりにお住まいで?」

おちさもどぎまぎしながらたずねた。

「海津様の屋敷に長屋がある。その一室に住まっているのだ」

竜之進は答えた。

「さようでしたか。こちらにいい桜の木があると、大河内さまがおっしゃっていたと聞いたもので」

おちさの表情がやっと少しやわらいだ。

「そうか……本当に良き桜だな」

竜之進はいくぶん目を細くして桜の木を見上げた。

あたたかな日差しが降り注いでくる。その恩寵《おんちょう》のような光は、桜の花びらと娘の豊かな髷をひとしなみに照らした。

「住まいはどこだ」

竜之進はふと思い当たったように問うた。

「薬研堀《やげんぼり》の長屋で、兄と一緒に暮らしています」

おちさは答えた。

「兄の竹箸づくりを手伝ったりしているのか」

と、竜之進。

「いえいえ。技の要る仕事ですから、とても素人には無理です」

おちさは笑みを浮かべた。

「なるほど。そうであろうな」

竜之進はうなずいた。

「竜之進さまは、どこで易者の技を？」

おちさはたずねた。

「奇《く》しくもわん屋のあるじと似ているが、もともと神官の家系でな。継がねばならぬ長男ではなかったゆえ、諸国を放浪することができた」

竜之進は答えた。

「まあ、そうでございましたか」

今度はおちさがうなずいた。

「その過程で、少しずつ力を身につけていった。まだまだこれからだが」

竜之進は笑みを浮かべた。

風が吹き抜けていく。

その心地いい春の風をほおに感じたとき、ふとあることがひらめいた。

「気張ってくださいまし」

おちさが言う。

「ああ。ところで……」

竜之進はそこで言葉を切った。

諸国を放浪し、ほうぼうの霊場で修行をした。

険しい峠を越え、山に登った。

そのときのことが、なぜかきれぎれによみがえってきた。

ここが峠だ。

押せ。

引き返したら後悔するぞ。

もう一人のおのれが鼓舞する。

「何でしょう」

おちさが先をうながした。

竜之進は咳払いをすると、意を決したように言った。

「薬研堀なら、繁華な両国橋の西詰に近い。汁粉でもどうだ」

そこまで言うと、竜之進はほっと一つ息をついた。

おちさは瞬きをした。

若き武家の顔を見る。

娘も一つ息をついてから答えた。

「お供します」

おちさは、ほおを染めて答えた。

七
「おいしい」

汁粉を啜ったおちさが笑みを浮かべた。

「うまいな」

竜之進も笑みを返す。

両国橋の西詰の汁粉屋だ。

ほかに習いごとの帰りとおぼしい娘たちがいくたりかいた。ときおりちらちらとおちさと竜之進のほうを見る。どうも気になるらしい。

無理もない。竜之進は水際立った男っぷりだ。西詰には芝居小屋があるが、看板役者でもいっこうにおかしくない。

ここへ来る途中で、習いごとの仲間にばったり出くわしてしまった。手伝いをしているわん屋の客だと言っておいたが、あとで何か噂されているかもしれない。

「猫がいるな」

竜之進が指さした。

「かわいがってもらって、いいですね」

おちさも同じほうを見た。

三毛猫が一匹、客の娘たちに抱っこされてのどを鳴らしている。

「猫を飼ったことはあるのか」

竜之進はたずねた。

「いえ。そのうち飼いたいとは思うんですけど」

おちさはそう答えて残りの汁粉を呑み干した。

その後はおちさの家族の話になった。

おちさの父も竹箸づくりの職人だったが、若くしてはやり病で亡くなってしまった。母も後を追うように逝き、父の跡を継いだ兄の富松と一緒にずっと暮らしてきた。

「それは苦労したな」

竜之進が思いやって言った。

「お兄ちゃんは腕がいいし、おとっつぁんの代からのお得意先にも恵まれているので、わたしはわんわん屋さんの手伝いくらいの働きでも暮らしていけるのはありがたいことだと思っています」

おちさは軽く両手を合わせた。

「そうか。兄はそなたに何か言っているか」

竜之進は問うた。

「早く嫁に行け。習いごとはもう充分やったから、嫁に行け、とそればっかりで」

おちさはややあいまいな顔つきで答えた。

「なるほど」

竜之進も微妙な表情になった。

すでに汁粉は呑み干している。

会話が途切れた。

「寝ちゃったよ」

「ほんとにかわいい」

三毛猫をなでていた娘たちの声が響く。

「味の船の話が出ていたせいか……」

竜之進は座り直して続けた。

「船を見たくなったな」

そう言って、おちさの顔を見る。

「それでしたら、橋を少し進めば見えますすね」

おちさは笑みを浮かべた。

「行ってみるか」

竜之進が言った。

「はい、お供します」

おちさは明るい声で答えた。

八

汁粉屋を出た竜之進とおちさは、両国橋のほうへ向かった。

「荷車に気をつけろ。荒っぽいやつもいるからな」

往来を見ながら、竜之進が言った。

「はい」

おちさがうなずく。

気にかけてくれるのが嬉しかった。竜之進から遅れないように、おちさは一歩一歩をたしかめるように歩いた。

「このあたりでよかろう」

竜之進が歩みを止めた。

「中ほどまで進むと、風が強くなるし、ここからでも下流の船は見える」

竜之進は大川の下手《しもて》を手で示した。

「海のほうへ行く船ですね」

おちさが言った。

荷を積んだ船をゆっくりと進んでいる。船頭の腕の動きは力強い。

「そうだ。大きな帆を張った船ではないが、たしかな動きだな」

竜之進がうなずいた。

「いつかもっと大きな船も見とうございます」

と、おちさ。

「品川のほうへ行けば見られるだろう。いつか行こう」

竜之進は白い歯を見せた。

「はい。でも、今日、いま見えている船もようございます」

おちさは笑みを浮かべた。

「そうだな。今日、ひいては、いまの積み重ねが人の一生になっていくわけだから」

竜之進が言った。

「ことに、今日は忘れられない日になりました」

いくぶん上気した顔で、おちさが言った。

「わたしもだ」

竜之進は答えた。

大川の下手側では、父親に肩車をされたわらべが歓声をあげだした。

「わあ、お船」

「ちゃんと見えるか？」

職人風のいでたちの父が問う。

「うん、見える」

わらべは元気よく答えた。

「そろそろ戻るか。送っていこう」

竜之進が言った。

「いえ、一人で帰れますけれど」

おちさは申し訳なさそうに答えた。

「なに、わたしは八丁堀に戻るから、ちょうど帰り道だ」

竜之進はそう言って笑った。

その後は、わん屋の手伝いの裏話などをおちさから聞きながら、ゆっくりと引き返した。円い器ばかりで目が回りそうだという話は、客からしょっちゅう言われているらしい。

「二幕目まで残る日はおおむね決まっているのだな？」

竜之進はたずねた。

「ええ。習いごとはもうだんだん減らすつもりなので」

おちさは答えた。

「十五日はわん講だったな？」

ふと思い出して、竜之進は問うた。

「はい。わん講の日は、二幕目もお手伝いします」

おちさは答えた。

「そうか。一枚板の席に空きはあるだろうか」

竜之進は軽く首をかしげた。

「すべて貸し切りではありませんから」

おちさは笑みを浮かべた。

「ならば、ちらりと顔を出そう」

「お待ちしております」

話がまとまった。

薬研堀が近づいてきた。そろそろおちさの長屋だ。

おちさが言った。

「今日は楽しかったです」

「わたしもだ。あの……」

竜之進はここで言葉を切った。

遠くで売り声が聞こえる。

大福餅はあったかいー
大福餅はいらんかねー……

よく通るいい声だ。

内なるおのれの声も響いた。


押せ。

ここも峠だ。

気を入れて押せ。


それに応えて、竜之進は思い切って言った。

「次は、芝居見物でもどうだ」

その言葉を聞いて、おちさの瞳の中で光が揺れた。

桜の花びらのような美しい光だ。

「ええ、お供します」

娘は明るい表情で答えた。

第十章　わん屋とえん屋

一

「あっ、そうか、今日は十五日か」

「二幕目の座敷はわん講で貸し切りだって書いてあるぜ」

そろいの半纏の左官衆が貼り紙を指さして言った。

「なら、祝いごとは明日だな」

「子ができただけだがよ」

「立派な祝いごとじゃねえか」

左官衆が口々に言う。

「とにかく、今日は中食だけだ」

「筍飯に小鯛の焼き物に浅蜊汁に小鉢、今日もうまそうだ」

「なら、目が回る膳だな」

「おう」

客はわいわい言いながら、わん屋ののれんをくぐっていった。

「いらっしゃいまし。空いているお席へどうぞ」

おちさがいい声を響かせた。

「おう、いい声だな」

「なんだか急にきれいになったんじゃねえか？」

左官衆がそう言いながら座敷に上がる。

手伝いの娘は笑って答えなかった。

「お待たせいたしました」

待ち構えていたように、おみねが膳を運んでいった。

「おっ、目が回るのが来たな」

「盆まで円いから目が回るんだ」

「筍飯がうまそうだ」

「焼き物もな」

左官衆はさっそく箸を取った。

脇役の油揚げもいい味を出している筍飯と、こんがりと焼いた小鯛。浅蜊がふんだんに入った汁に根菜と薇の煮物の小鉢。どれもたしかなわん屋の味だ。

左官衆のあとにも、客は次々にやってきた。

「残り五膳」

厨で手を動かしながら、真造が言った。

「はいよ」

おみねが打てば響くように答える。

「お客さんを止めてきます」

おちさがさっと動いた。

「お願い」

膳を運びながら、おみねが言った。

「あっ、ちょうどこちらで終いです」

外へ出て客の数を数えるなり、おちさが言った。

「よかった。間に合ったぜ」

最後の客が安堵の笑みを浮かべた。

二

「おや、肝煎りのわたしが一番乗りかい」

大黒屋の隠居の七兵衛が手代とともに入ってきた。

「本日はよろしゅうお願いいたします」

おみねが頭を下げた。

今日は十五日のわん講だ。

「手前はお付きの席に。……円造ちゃん、遊ぼうか」

巳之吉が座敷でからくり人形の円太郎を動かしていた跡取り息子に声をかけた。

「うんっ」

円造は元気よく答えた。

続いて、椀づくりの太平と弟子の真次が入ってきた。盆づくりの松蔵と盥づくりの一平も顔を見せた。

「なら、そろそろお料理を運びましょう」

おみねがおちさに言った。

「はい」

おちさは笑顔で答えた。

まずは鯛の姿盛りだ。

「おお、うちの大皿ですね」

ちょうど入ってきた美濃屋の正作が笑みを浮かべた。

「円皿なので、よその料理屋さんよりあしらいが多いですが」

おみねが言った。

「はは、大根や人参や若布、一緒にいただくと身の養いになるよ」

瀬戸物問屋のあるじが上機嫌で言った。

ここで、わん講とはべつの客が入ってきた。

その顔を見るなり、おちさの顔がぱっと輝いた。

御用組の海津与力と大河内同心、それに、新宮竜之進だ。

「こちらは空けてありますので」

おみねが一枚板の席を手で示した。

「おう、世話になる」

海津与力が軽く右手を挙げて腰を下ろした。

「海津さまには話を」

竜之進が声を落としておちさに告げた。

「わたしのほうは兄ちゃんに」

おちさも伝えた。

「ここのあるじとおかみには?」

海津与力がたずねた。

「それはまだです」

おちさは答えた。

「まあ、追い追いだな。大河内には伝えておいたが」

御用組のかしらが言った。

「めでたいかぎりで」

大河内同心が笑みを浮かべた。

「はい」

おちさは恥ずかしそうにうなずいた。

役者はだんだんにそろってきた。

おちさの兄の富松は、例によって竹細工職人の丑之助とともに入ってきた。

最後に、千鳥屋の隠居の幸之助が顔を見せた。

ただし、一人ではなかった。

的屋のあるじの大造《だいぞう》も一緒だった。

「いい知らせを聞いたので、わたしも入らせていただいていいでしょうか、ご隠居さん」

大造は七兵衛に訊いた。

「ああ、いいけれども、いい知らせって何だい」

七兵衛は問い返した。

「なら、的屋さんから」

千鳥屋の隠居が手で示した。

「では」

大造は一つうなずいてから告げた。

「娘のおまきが、ややこを身ごもったんです」

わん講に集まった面々が朗報にわいた。

三

千鳥屋の次男の幸吉と夫婦になり、宇田川橋の出見世を切り盛りしていたおまきが秋口にはお産をするらしい。昨年は大あらしで見世が難儀をさせられた。その苦境を乗り越え、見世をまた繁盛させたあとだけに、喜びもまたひとしおだった。

「なら、今日は千鳥屋さんの祝いだね」

七兵衛が笑みを浮かべた。

「いや、的屋さんの祝いでもあるので」

ぎやまん唐物処の隠居が言った。

「あとは無事、孫が生まれてくれれば」

旅籠のあるじが言った。

「どうかよしなにお伝えくださいまし」

料理を運んできたおみねが言った。

的屋の看板娘だったおまきは、わん屋にとっても身内みたいなものだ。

「ああ、言っておくよ。こりゃうまそうで」

大造が大皿に盛られたものを見て言った。

豆腐田楽だ。

甘めの田楽味噌をたっぷり塗って、いくぶん焦がし加減に焼く。香ばしくて酒がすすむ料理だ。

「ご飯もお持ちできますので」

おみねが言った。

「なら、もらうぜ」

「おいらも」

手が次々に挙がった。

「いまお持ちします」

おちさの明るい声が響いた。

「田楽は筍も焼いておりますので」

真造が厨から言った。

「飯にのっけるのなら、やっぱり豆腐だな」

松蔵がさっそく串をつかんだ。

例によって、わん屋らしく円い大皿に渦でも巻くように盛られている。

ほどなく、飯が来た。

「はい、お兄ちゃんにも」

おちさが富松の前に飯椀を置いた。

「おう」

竹箸づくりの職人は受け取ると、ちらりと若い武家のほうを見た。

「あいさつしねえとな」

妹に向かって、兄は小声で言った。

「まずは食べてから。あとでお酌をしにいけば？」

おちさが水を向けた。

「分かった。そうしよう」

いつもより硬い顔つきで、富松は答えた。

四

「まあ、呑め」

海津与力が竜之進に酒をついだ。

「はい」

若き武家が受ける。

富松ばかりでなく、その顔もややこわばっていた。

そこへ、おちさが筍田楽を運んできた。焼き目がついた筍も田楽味噌に合う。

「お兄ちゃんがあとで」

おちさは声を落として告げた。

「先に行け、竜之進」

大河内同心が言った。

「そうだな。おまえが妹をもらうんだから」

海津与力も和す。

「分かりました」

猪口の酒を呑み干すと、竜之進はすっと腰を上げた。

銚釐《ちろり》を手にして、富松のほうへ向かう。

おちさが気づいた。

思わず息を呑む。

「今後とも、よしなに」

竜之進はそう言うと、富松の猪口に酒をついだ。

「こりゃ、すまねえこって」

富松があわてて言った。

「こいつから話は聞いてまさ」

同じ長屋の丑之助が言った。

「で……」

富松は猪口の酒を一気に呑み干した。

いくらか離れたところから、おちさが固唾を呑んで見守っている。

「身分が違いますが、おちさのことはどうするおつもりで？」

半信半疑の面持ちで、富松は問うた。

「もしよければ……」

竜之進は一つ咳払いをしてから続けた。

「わたしと夫婦《めおと》になってくれればと」

若き武家は思い切って言った。

「こいつを女房にしてくださるんですかい」

富松は妹のほうを手で示した。

「そうしてもらえれば、ありがたいかぎりだ」

竜之進は上気した顔で答えた。

「こりゃあ、めでてえ」

丑之助が両手を打ち合わせた。

「盆と正月がいっぺんに来たみたいだね」

七兵衛が破顔一笑する。

ここで富松が立ち上がった。

「ふつつかなやつですが、どうかよろしゅうに」

竹箸づくりの職人は深々と頭を下げた。

いくたびも続けざまに瞬きをする。

二親を早く亡くし、ずっと親代わりをつとめてきた妹の嫁ぎ先がようやく見つかった。胸にこみあげてくるものがあった。

「大事にしますので、こちらこそ末永くよしなに」

竜之進が礼を返した。

その様子を見て、おちさがさりげなく目元に指をやった。

五

「峠を一つ越えたな、竜之進」

海津与力がそう言って酒をついだ。

「はい。まだいささか胸が」

竜之進は心の臓に手をやった。

「祝いの宴をせねばなりませんな」

大河内同心が上役に言った。

「では、千之助が戻ってきたら、ここでやろう」

海津与力が一枚板をぽんとたたいた。

千之助は次の悪党の動きを探るべく江戸を離れている。

「めでたいかぎりで」

大河内同心が笑みを浮かべた。

「祝言の宴ということになりますか」

竜之進がたずねた。

「そうなるだろうな。ただし……」

海津与力は座り直してから続けた。

「祝言はしかるべき場所で挙げたほうがいいだろう」

御用組のかしらが言った。

「だったら、お義兄さんのところはどうかしら」

おみねが真造に言った。

「依那古神社で祝言か」

厨で手を動かしながら、真造が答えた。

「それはいいな。八方除けの神社だから」

次兄の真次が賛意を示した。

「わたし、行ってみたかったんです」

おちさの瞳が輝いた。

「それはぜひ。学びにもなりそうなので」

竜之進が乗り気で言った。

「なら、決まりだね」

七兵衛が軽く両手を打ち合わせた。

「兄に文を書いておきますので」

真造が請け合った。

「衣装は嚢に入れて背負っていくか?」

海津与力が問うた。

「そうですね。わたくしが背負っていきましょう」

竜之進が答えた。

「花嫁さんは駕籠で?」

と、おみね。

「西ヶ原村まで歩いてもらうわけにはいかないだろう。うちが休みの日に合わせて、わたしも荷物運びを」

真造が役を買って出た。

こうして段取りが進んだ。

わん屋が休みの日、早朝から依那古神社へ向かい、宮司の真斎に祝言の儀を執り行ってもらう。

祝言のあいだ、駕籠は待ってもらい、そのまま江戸へ引き返す。

さすがにその日のうちに宴というわけにはいかないし、料理の仕込みもできないから、翌る日にする。

話はとんとんと決まった。

六

その後も料理を味わいながら歓談が続いた。

好評だったのは、小鯛の塩焼きに添えられた蓮根の黄身射込みだった。

花形にむいた蓮根をゆでて白くして甘酢につける。その穴に、玉子の黄身に砂糖などをまぜて湯煎にかけて練ったものを詰めれば、ひと目見ただけで笑みがこぼれる黄身射込みになる。

「こりゃまた目が回るな」

一平が笑みを浮かべた。

「食ってもうめえぜ」

松蔵が和す。

「小鯛の焼き加減も上々だ」

大河内同心が満足げに言った。

「いい塩を使っているからな」

海津与力がうなずく。

竜之進の猪口には次々に酒がつがれていた。

「このたびはおめでたく存じます」

千鳥屋の隠居がにこやかに言う。

「そちらもお孫さんが生まれるそうで」

竜之進が笑みを返した。

「ありがたいかぎりで」

幸之助も満面の笑みで答えた。

「はい、また目が回るお料理です」

おみねが盆を運んでいった。

「烏賊《いか》と大根の煮物でございます」

おちさが円い碗を差し出した。

「なるほど、どちらも円いね」

美濃屋の正作が受け取った。

この煮物の評判も上々だった。

「おいらは烏賊から」

「なら、大根で」

お付き衆の箸も動く。

やがて、鯛飯がふるまわれた。

「締めに鯛茶も出ますので」

おみねが言った。

「めで鯛づくしだね」

「そりゃあ、おめでたいことばかりだから」

わん講の面々が口々に言った。

そうこうしているうちに、ふらりとのれんをくぐってきた者がいた。

戯作者の蔵臼錦之助だった。

七

「開運わん市のおかげかもしれませんな」

おめでたつづきの話を聞いた蔵臼錦之助が笑顔で言った。

「そうかもしれません、先生」

肝煎りの七兵衛がうなずく。

「早いもので、夏のわん市がそう遠くないですね」

美濃屋のあるじが言った。

「また開運わん市でいきましょう」

千鳥屋の隠居が言う。

「このあいだのわん市では飛ぶように品が出たからね」

七兵衛が身ぶりをまじえた。

「ならば、わん市ばかりでなく、見世を構えてもいいかもしれませんな。たとえば、どんな『わん』でも三十八文で売るような」

戯作者が思いつきを口にした。

「三十八文見世つきの旅籠ってのがあったが」

海津与力が苦笑いを浮かべた。

蝮の大八があるじに身をやつしていた宝屋のことだ。

「いっそのこと、夫婦でやってみたらどうだ」

大河内同心が水を向けた。

「わたくしがですか」

竜之進が驚いたように胸に手をやる。

「おちさはいずれ袋物なんぞの見世をやりたいって言ってましたが。せっかく習いごともやってたんで」

兄の富松が言った。

「ああ、それはいいかも」

おみねがすぐさま言った。

「どうだい、おちさちゃんは」

七兵衛が訊いた。

「竜之進さまがやるとおっしゃるのなら、わたしも」

おちさは答えた。

「客あしらいはここの手伝いで慣れているからね」

七兵衛が笑みを浮かべる。

「こりゃあ、瓢簞《ひょうたん》から駒が出そうですな」

蔵臼錦之助が言った。

「なら、引き札の刷り物の文面を先生に思案していただかないと」

おみねが言う。

「お安い御用で」

戯作者がただちに引き受けた。

ここで次の肴が出た。

「今度のは目が回りそうで回らねえな」

丑之助がのぞきこんで言った。

「はは、まんまるじゃねえから」

富松が箸で示した。

新たに出た肴は常節《とこぶし》のうま煮だった。

湯でさっとゆでて霜降りにし、汚れやぬめりを取ってやるのが骨法だ。このひと手間を惜しむと、あくが出て煮汁が濁ってしまう。そのあたりは、わん屋のあるじにぬかりはなかった。

煮方にもこつがある。まず水と酒で下ゆでするが、水が多めで酒は少なめだ。酒を多めにすると、貝の身が硬くなってしまう。

味がしみるまで時がかかる素材は、こうして下ゆでするといい仕上がりになる。やわらかくなったところで砂糖と薄口醬油で味つけすれば、こたえられない酒の肴になる。

「相変わらずの腕だな」

海津与力が言った。

「ありがたく存じます」

真造は頭を下げた。

「なら、『わん』を売る見世を若夫婦が開くということでいいね？」

七兵衛が話をそこに戻した。

「手前どもの品は、なるたけ安くおろしますので」

美濃屋のあるじが言った。

「それはうちも同じで」

千鳥屋の隠居が和す。

「気を入れていい品をつくりましょう」

太平が軽く二の腕をたたいた。

「妹の見世なら、張り合いが違うんで」

富松が笑みを浮かべた。

「おいらも気張ってつくるぜ」

同じ長屋の竹細工職人が言った。

「で、見世はどこに出す？　八丁堀というわけにはいかぬだろうから」

海津与力がそう言って、猪口の酒を呑み干した。

「どこかに見世を借り、八丁堀から通うわけですね」

と、竜之進。

「夫婦になるのなら、うちの長屋を出てどこぞに借りれば良かろう」

御用組のかしらが言った。

「それなら、善之助さんに頼んでみればどうかしら」

おみねが人情家主の名を出した。

「そのうち居抜きの見世が見つかるかもしれぬしな」

大河内同心が言う。

「どんどん絵図面が進みますな」

蔵臼錦之助が身ぶりをまじえた。

「そうそう」

おみねが両手を打ち合わせてから続けた。

「見世の名はどうしましょう」

だれにともなく問う。

「いかに『わん』ばかり売る見世でも、またわん屋にするわけにもいきませんからな」

戯作者があごに手をやった。

「何か名案はないか、竜之進」

海津与力が問うた。

「見世の名ですか……」

竜之進は首をひねった。

「おまえは易者なんだから、すぐ浮かぶだろう」

大河内同心が言う。

「いや、それとこれとは」

竜之進は困った顔つきになった。

「おちさちゃんはどう？　何か案はない？」

おみねがたずねた。

「そうですね……わん屋と何か響き合う名がいいかなと」

おちさは思案してから答えた。

「すべての料理を円い器に盛って出し、世の中が円くおさまることを願うわん屋と響き合う名と言えば……」

海津与力が思案げな顔つきになった。

「わんが犬なら、猫のにゃんっていうわけにもいきませんからな」

蔵臼錦之助が戯れ言を飛ばす。

「にゃん屋だと猫屋みたいで」

おみねが笑った。

「なら、円くおさまる円屋でどうだい」

七兵衛が言った。

「ああ、円屋はいいかもしれませんね」

おちさが乗り気で言った。

「縁《えにし》の縁《えん》にも通じるな」

海津与力がうなずく。

「それなら、平仮名の『えん屋』でいかがです？」

おみねが案を出した。

「おう、そりゃいいな、おかみ」

大河内同心がすぐさま言った。

「縁が生まれるえん屋ですな。引き札の文句がすぐ浮かびそうで」

蔵臼錦之助が手ごたえありげな顔つきになった。

「次のわん市で刷り物を配ればいいね」

七兵衛が先を見据えて言った。

「まあ、その前に祝言とその宴がありますので」

真造が鯛茶の支度をしながら言った。

「どうかよろしゅうお願いいたします」

おちさが頭を下げた。

「世話をかけます」

えん屋のあるじになるかもしれない若い武家も続いた。

終章　新たな門出

一

畏《かしこ》み畏み曰す……

神官の声が本殿に響きわたった。
西ヶ原村の依那古神社だ。
清浄な御幣が振られる。
宮司の真斎による祝詞が終わった。
新郎の新宮竜之進、花嫁のおちさ、それに、立会人の真造。いずれも神妙な面持ちだ。
「では、固めの盃を」

真斎が告げた。

弟子の空斎《くうさい》が酒器を運ぶ。

やがて、固めの盃が滞りなく終わった。

「これでお二人は、めでたく夫婦になられました」

宮司が白い歯を見せた。

引きも切らぬというわけではないが、八方除けの神社で婚礼の儀を執り行いたいという男女は関八州じゅうから訪れる。真斎は慣れた所作と口調だ。

「ありがたく存じました」

竜之進が深々と頭を下げた。

紋付袴に威儀を正している。衣装のおかげで、水際立った男っぷりがさらに引き立っていた。

「ありがたく存じます」

おちさも頭を下げた。

こちらは白無垢に綿帽子、匂うようなあでやかさだ。

「これからは、互いに助け合い、労《いたわ》り合って、仲睦まじく暮らしてください」

宮司が言った。

「はい、大事にいたします」

竜之進が請け合った。

おちさもうなずいた。

「では、あわただしいけれど、着替えてまた江戸へ戻ることに」

立会人をつとめた真造が言った。

「忙しいな」

長兄の真斎が言った。

「明日はうちで祝いの宴があるから、その仕込みもしないと」

わん屋のあるじが笑みを浮かべた。

改めた衣装は囊に詰めた。帰りはまた真造と竜之進が背負って帰る。

駕籠は待たせてあるが、茶を呑んでから出ることになった。婚礼を終えた若夫婦とわん屋のあるじは、依那古神社の宮司とともにしばし歓談した。

「なるほど、えん屋という見世を」

真造から話を聞いた真斎がうなずいた。

「まだ場所も決まっていないのですが」

竜之進はそう言って湯呑みの茶を少し啜った。

「まず長屋を探して、家移りをしてからなので」

真造が真斎に言った。

「一つずつ楽しみながらこなしていけばいいでしょう」

宮司が若夫婦に言った。

「はい」

綿帽子を脱いだおちさが答えた。

「いい縁がつむがれましたね」

真造が竜之進に言った。

「ありがたいことで」

易者でもある若き武家が両手を合わせた。

二

その後は末の妹の真沙《しんしゃ》の話になった。

縁あって三峯神社に嫁いだ真沙は子宝にも恵まれ、かの地で達者に暮らしているらしい。

「それは何よりだね」

真造は笑みを浮かべた。

「これからは、えん屋がまた新たな縁をつむいでいくだろう」

依那古神社の宮司が笑みを返した。

最後に、みなで神馬の浄雪のたてがみをなでた。

「神々しいですね」

おちさがなでながら言う。

「やさしい目をしているな」

竜之進が言った。

「思ったより達者そうで」

真造がいくらか目を細くした。

「さすがに江戸にまで行くのは難儀だが、近場の散歩には出ている。まだまだ達者だよ」

真斎が頼もしそうに言った。

駕籠を見送りがてら、宮司は神馬の散歩に出ることになった。

「では、お世話になりました」

嚢を背負った竜之進が一礼した。

「達者でね」

おちさは神馬に声をかけた。

「なら、さーっと運びますんで」

「ちょっとうとっとして目が覚めたらもう八丁堀で」

駕籠屋が調子よく言った。

新たな長屋が見つかるまでは、海津与力の屋敷の長屋でともに暮らすことになっている。えん屋の支度が整うまでおちさは当分わん屋の中食の手伝いを続けるから、八丁堀から通いだ。

「では、また、兄さん」

真造が右手を挙げた。

「ああ。おみねさんと円造ちゃんによろしく」

宮司が笑顔で言った。


はあん、ほう……

はあん、ほう……

先棒と後棒が調子を合わせて駕籠を運ぶ。

雨だとぬかるんで難儀をする道だが、幸いにもいい天気になった。

「青葉が目に美しいな」

駕籠に合わせて足を動かしながら、真造がぽつりと言った。

「そろそろ鰹がおいしい季節ですね」

駕籠の中からおちさが言った。

「値もいくらか落ち着いてきたのでは」

と、竜之進。

「明日、うまく仕入れられたら出しましょう。祝いの宴なので」

真造が言った。

「わあ、楽しみ」

おちさの声が弾んだ。

三

翌日――。

わん屋の二幕目の座敷は貸し切りとなった。

むろん、竜之進とおちさの祝いの宴だ。婚礼は昨日済ませて宴だけにつき、どちらもさほど構えた衣装ではない。

御用組の海津与力と大河内同心、それに千之助。おちさの兄の富松と長屋仲間の丑之助、わん講の肝煎りの七兵衛とお付きの巳之吉、だんだんに役者がそろってきた。

一枚板の席には、人情家主の善之助がやってきた。少し遅れて、戯作者の蔵臼錦之助が顔を見せた。鍛錬館の道場主の柿崎隼人も門人を連れてのれんをくぐってきた。こちらも役者がそろった。

「長屋にちょうど空きが出てね。若夫婦には似合いだから、明日にでも見てもらおうかと思ってるんだ」

善之助が告げた。

「さようですか。今日の宴のあとでもかまいませんが」

おちさが乗り気で言った。

「明日だと二度手間になるから、今日見てこい、竜之進」

海津与力が言った。

「承知しました。では、そうさせていただきます」

竜之進が笑みを浮かべた。

「見世のほうも、そのうちいいところが見つかると思います。そちらのほうは、また改めてということで」

人情家主が答えた。

段取りが整ったところで、料理が次々に運ばれていった。

まずは婚礼料理の顔の焼き鯛だ。

見事な尾を持つ鯛をこんがりと焼き、白木の三方に載せておみねがしずしずと運ぶ。

「手伝わなくていいのかよ」

富松が妹に言った。

「わたしは今日だけ主役だから」

おちさが笑って答えた。

「この先も、えん屋のおかみとして主役になることもあるでしょう。……はい、どうぞ」

おみねが三方を置いた。

「子を産むときも主役だからな」

大河内同心がやや気の早いことを言った。

「男にゃ無理だから」

千之助が笑って茶を啜る。

「お次は姿盛りでございます」

真造が大皿を運んでいった。

「こりゃまた立派な鯛だね」

七兵衛が目を瞠った。

「あしらいもふんだんに入ってるな」

丑之助が指さす。

「円い大皿を埋めなきゃなりませんので」

と、真造。

「わん屋ならではの苦労だな」

海津与力が言った。

「いや、もう苦労だとは思っていませんから」

わん屋のあるじは笑って答えた。

婚礼の宴の料理には赤飯も欠かせない。前の晩から水につけて下ごしらえをしたささげがふんだんに入った赤飯は、みなに大好評だった。

箸が動き、酒がすすむ。

「塩を少し振ると、赤飯がことにうまいですな」

戯作者が満足げに言った。

「ささげがぷっくりで、おいしゅうございます」

巳之吉が笑顔で言う。

赤飯は円造も少し食した。

「おいしい？」

おちさが問う。

「うん、おいしい」

わらべが答えた。

ここでおみねが大皿を運んできた。

「あっ、鰹ですね」

おちさの瞳が輝く。

「いい鰹が入ったので、梅たたきに」

真造は厨から言うと、一枚板の席に白い円皿に盛ったものを出した。

「おお、これはうまそうだ」

柿崎隼人がのぞきこんで言う。

鰹はあぶって皮の下の脂を溶かしてやると、甘みが出てとろけるようなうまさになる。焼き終えたらほどよい厚さに切り、まな板の上でずらして酢を振り、手でたたいてなじませていく。

長葱の青いところ、生姜、青紫蘇《あおじそ》、貝割菜などの薬味を刻んで円皿に敷き、鰹のたたきを載せる。

その上から、さわやかな梅肉だれをかける。種を除いて裏ごしした梅干しをだし汁でのばし、醤油と酢を加えて弱火で煮ながらよくまぜる。これに片栗粉を加えてとろみをつけたら出来上がりだ。

「口福の味だな」

海津与力が満足げに言った。

「江戸へ戻ってきた甲斐がありましたぜ」

千之助が言う。

「で、大がかりな偽壺づくりのほうはどうだ」

御用組のかしらがいくぶん声を落としてたずねた。

偽の茶壺を巧みにこしらえ、大名家などに法外な値で売りつける新手《あらて》の悪党が跳梁しているという噂を耳にして、調べに行ってきたところだ。

「ねぐらまではつかめませんでしたが、美濃の窯元が怪しいみてえで。まあ、そのうち尻尾を出すでしょう」

忍びの心得のある男が答えた。

蝮の大八の残党を追っていたかと思うと、今度は偽壺づくりだ。日の本じゅうを神出鬼没で飛び回っている。

「悪党はどこに潜んでいるか分からぬからな」

海津与力がそう言って、鰹の梅たたきをまた口中に投じた。

「竜之進のえん屋が見世びらきをすれば、ちょうどいい番所みたいなものになるでしょうよ」

大河内同心も鰹の身を箸でつまむ。

「番所ですか」

竜之進が酒をついだ。

「おぬしは易者なんだから、悪党が何食わぬ顔でのれんをくぐってきたら気で分かるだろう」

大河内同心はそう言うと、梅たたきをうまそうに胃の腑に落とした。

「詳しくは、卦を立ててみねばならぬかもしれませんが……」

竜之進はそう前置きしてから続けた。

「ほかの人よりは勘が働くことでしょう」

若き武家は慎重に言った。

「わたしは無理なので、竜之進さまにおまかせで」

おちさが笑みを浮かべた。

「若おかみは帳場でにこにこしておればよかろう」

海津与力が笑って言った。

「はい、そうします」

おちさは笑顔でうなずいた。

四

酒がすすむと、さっぱりしたものが食べたくなる。

そんな頃合いに、おめでたい紅白蕎麦が出た。

御膳粉を使った白い蕎麦と、紅粉を用いた紅い蕎麦の取り合わせが目に鮮やかだ。

鰹はもうひと品、竜田《たつた》揚げも供された。同じ円皿でも、こちらは青い波型の文様入りだ。

「なら、このあたりで主役からひと言どうですかい」

七兵衛が声をかけた。

「ああ、それがいいですね」

人情家主の善之助が言う。

「しばしお待ちを」

蔵臼錦之助が矢立を取り出した。

「かわら版にでも載せるつもりで？」

柿崎隼人が怪訝そうな顔つきになった。

「えん屋が見世びらきをしたら、埋め草に載せようかと」

書き物の支度をしながら、戯作者が言った。

「それは用意周到だな」

御用組のかしらが言った。

「よろしゅうお願いいたします」

おちさが言った。

「もうおかみの顔だな」

富松が笑う。

「こりゃあ繁盛間違いなしだ」

だいぶ赤くなった顔で、丑之助が和した。

「なら、始めてください」

筆を手にした蔵臼錦之助が言った。

「はい」

竜之進はすっと立ち上がった。

「本日は、われわれの宴のためにお集まりいただき、ありがたく存じました」

一礼してから続ける。

「昨日、西ヶ原村の依那古神社にて、おちささんと祝言を挙げさせていただきました」

竜之進はおちさのほうを手で示した。

若女房がほほ笑む。

「よっ、頼みますよ」

富松が声をかけた。

「は、はい」

竜之進は義理の兄に答えてから続けた。

「まだまだ若輩ですが、今後は力を合わせて、この江戸が少しでも平らかになるようにつとめていきたいと考えております。どうかよろしゅうお願いいたします」

竜之進は深々と一礼した。

「お願いいたします」

おちさもいい声を響かせた。

「縁結びのえん屋を開くんだからね」

七兵衛が笑みを浮かべた。

「わん屋とえん屋があれば、この江戸は安泰だ」

大河内同心が言った。

「まだ見世の場所も決まっていませんので」

竜之進が少し苦笑いを浮かべた。

「なら、今日のところは長屋を見ていただきましょうかね」

善之助が言った。

「そうですね。みなさんを見送ってから」

竜之進が答えた。

「締めに鯛茶が出ますので」

おみねが笑顔で告げた。

「まだ出るのかよ。胃の腑がいっぱいだ」

富松が帯に手をやった。

「おいらは食うぜ」

丑之助が乗り気で言う。

「手前もいただきます」

手代の巳之吉がひときわ元気な声で言ったから、わん屋に和気が漂った。

ほどなく、鯛茶が運ばれてきた。

締めの茶漬けにおのおのが舌鼓を打つ。

「うまいね」

竜之進がそう言って、おちさの顔を見た。

「忘れられない味で」

おちさは感慨深げに答えた。

五

長屋の部屋は思ったより広かった。

井戸に近いし、竈も使い勝手がよさそうだ。おちさも竜之進もひと目で気に入った。

あとは段取りを進めるだけだ。

場所は橘町《たちばなちょう》の裏店《うらだな》だ。わん屋がある通油町からさほど離れてはいない。おちさが兄の富松と暮らしていた薬研堀の長屋からもわりかた近かった。

いま住んでいる八丁堀の海津与力の屋敷からは、大川端を両国橋のほうへ向えばたどり着く。むやみに家財道具があるわけではないから、竜之進が荷車を引いていくことになった。

「では、気をつけていけ」

海津与力が見送りに出た。

竜之進が荷車を引き、屋敷の小者が荷車の押し役として随行する。おちさはついていくだけだ。

「またつなぎにちょくちょくまいりますので」

竜之進が白い歯を見せた。

「えん屋を開いて、怪しい者に気づいたら、すぐ走ってこい」

海津与力も笑みを浮かべた。

「心得ました」

竜之進はいい声で答えた。

「その前に、またわん屋へお越しください」

おちさが笑顔で言った。

えん屋を開くまでは、従来どおり中食の手伝いをすることになっている。

「おう、わん屋の料理はもはや人生の楽しみの一つだからな」

御用組のかしらがすぐさま答えた。

こうして、竜之進とおちさは八丁堀から大川端に出た。

「いい風が吹いているな」

荷車を引きながら、竜之進が言った。

「ほんと、大川もきれいで」

おちさが歩きながら目を細くする。

日の光を弾《はじ》く川面は、たとえようもなく美しかった。

「ときどきこのあたりまで散歩に来られるな」

竜之進も同じほうを見た。

「ええ、楽しみで」

と、おちさ。

「両国橋が近づいてきたぞ」

竜之進の声が弾んだ。

「船も見えます」

おちさが和す。

若夫婦の家財道具を積んだ荷車は、その後も滞りなく進み、橘町の長屋に着いた。

六

鰹の値が落ち着き、わん屋の中食の膳にたびたび載るようになった。

竜之進とおちさの祝いの宴に出た梅たたきと竜田揚げばかりではない。いぶし造りからすり流し汁まで、初夏の江戸の味は客に大好評だった。

そんなある日の中食が終わり、おちさが帰り支度を始めたころ、人情家主の善之助があわただしく入ってきた。

「あっ、入れ違いにならなくてよかったね」

善之助がおちさに言った。

「わたしに何か?」

おちさが問うた。

「えん屋にどうかという見世が見つかってね。差配から知らせがあったもので、急いで知らせにきたんだよ」

善之助はそう言って額の汗をぬぐった。

「まあ、それはありがたく存じます」

おちさが頭を下げた。

「見世はどのあたりです？」

二幕目の仕込みをしていた真造が問うた。

「それが、おちさちゃんが兄さんと一緒に暮らしていた薬研堀の裏店でね。たぶん行ったことがあると思う。……あ、茶を一杯おくれでないか」

家主はおみねに言った。

「はい、ただいま」

わん屋のおかみがきびきびと動く。

「で、いまは空きになっているんですか？」

おちさがたずねた。

「いや、まだあきないをしていてね。今年の川開きの日にのれんを下ろすそうだ」

人情家主が答えた。

「何という見世です？」

おちさがさらに問う。

「春日屋《かすがや》という小間物屋だ。……おお、すまないね」

善之助はおみねから湯呑みを受け取った。

「春日屋さんなら、何度も行ったことがあります」

おちさの瞳が輝いた。

「同じ薬研堀だからね」

善之助はそう言うと、うまそうに茶を啜った。

「話をしたこともあるんですけど、跡継ぎもいないし、そろそろ隠居したいとおっしゃっていて」

おちさが告げた。

「そうなんだ。あるじもおかみも歳だから、楽隠居して湯治場に行ったりしてのんびり暮らしたいという話でね。べつにあきないが芳しくなくて閉めるわけじゃないから、験の悪い見世じゃさらさらない」

善之助は言った。

「わりかた奥行きもあるので、品をたくさん置けると思います」

おちさが乗り気で言った。

「なら、差配に言っておくから、そのうち二人であいさつがてら下見に」

人情家主はそう言うと、また茶を啜った。

「承知しました。竜之進さまに伝えておきます」

おちさが明るい表情で言った。

七

その後の段取りはとんとんと進んだ。

春日屋の老夫婦は竜之進とおちさをすぐさま気に入ってくれた。これで心おきなくのれんを下ろせると、どちらもえびす顔だった。

五月（陰暦）の末の川開きに合わせて春日屋は見世じまいをする。残った売り物は、弟子筋のべつの小間物屋が引き取ってくれるらしい。

帳場などは居抜きで使える。あとは、棚をいくらかつくり増しして、売り物をそろえていけば、縁結びのえん屋の見世びらきは近い。

細かい段取りは、五月のわん講で打ち合わせることになった。瓢箪から駒が出たような話だが、前の「開運わん市」で生まれた縁が首尾よく結ばれ、わん屋の姉妹店とも言うべきえん屋が見世びらきをするところまで段取りが進んだ。

「こんなめでたい話はないね」

肝煎りの七兵衛が笑顔で言った。

今日の二幕目の座敷はわん講で貸し切りだ。いつもの面々が顔をそろえている。それればかりではない。ほどなくえん屋を開くことになる竜之進とおちさも姿を見せていた。

「次のわん市で見世びらきの刷り物を配りましょう」

一枚板の席に陣取った蔵臼錦之助が言った。

こちらの席には御用組もいる。

「よろしゅうお願いいたします」

おちさが頭を下げた。

「どうぞよしなに」

兄の富松も和す。

「先の開運わん市で結ばれた縁ということで、わん市とえん屋の両方の引き札にするつもりです」

戯作者が腹案を示した。

「なら、また開運わん市ですね」

美濃屋の正作が笑みを浮かべた。

「常に『開運』をつけてもいいだろう」

海津与力がそう言って、鮎の背越しに箸を伸ばした。

いい鮎がふんだんに入ったから、今日は鮎づくしだ。

「円い器で、江戸に運をもたらしましょう」

椀づくりの太平が身ぶりをまじえた。

「つくり甲斐もあるんで」

真次が和す。

ここで天麩羅が揚がった。

鮎の風味を損なわないように、衣は薄めにしながらもしっかり揚げるのが骨法だ。さっそくほうぼうから箸が伸びる。

「うめえな」

盆づくりの松蔵がうなった。

「大根おろしをたっぷり添えると、ことにうめえ」

盥づくりの一平も笑顔だ。

酒肴を楽しみながら、えん屋の段取りの話が進んだ。

見世の顔はのれんと看板だ。どういうものにするか、棚のつくりはどうするか、かなり細かいところまで決まっていった。

「あとは見世びらきを待つばかりだな」

大河内同心が笑みを浮かべた。

「気が引き締まってきました」

竜之進が涼やかな目つきで言う。

「うちの番所でもあるからな。そちらの御用もつとめてくれ」

海津与力が言った。

「心得ました。悪党どもに目を光らせます」

竜之進がいい声で答えた。

「鮎飯、まもなくあがります」

真造が厨から言った。

「わあい、鮎飯」

「出ると思ったんだ」

お付き衆から声があがった。

「お手伝いします」

おちさが立ち上がった。

「今日は主役じゃねえからな」

富松が言う。

「ただのわん屋のお運びだ。いや、近々、えん屋のおかみになるけどよ」

丑之助が笑みを浮かべた。

ほどなく、円い大きな土鍋が運ばれてきた。

「ほぐして取り分けますので」

真造が言った。

飯が蒸らし終わったら、焼いた鮎の骨を抜いて身をほぐしてまぜ、飯碗に盛ってみじん切りの蓼《たで》の葉を散らす。このあたりは料理人の腕の見せどころだ。

「さすがの腕だね」

七兵衛が言った。

「はい、お待ちで」

円い碗が次々に渡っていった。

素焼きした鮎をわたごとまぜて食す。野趣にもあふれた初夏の恵みの味だ。

「うまい、のひと言だな」

食すなり、海津与力が言った。

「竜之進さまにも」

おちさが亭主になった若き武家に碗を渡した。

「おう、すまぬ」

初めのうちは硬い顔つきで「痛み入る」などと言っていた竜之進が、やわらいだ表情で受け取った。

さっそく箸を動かす。

「どう?」

おちさが訊いた。

「おいしい」

竜之進はさわやかな笑顔で答えた。

［参考文献一覧］

田中博敏『お通し前菜便利集』（柴田書店）
田中博敏『旬ごはんとごはんがわり』（柴田書店）
『人気の日本料理2　一流板前が手ほどきする春夏秋冬の日本料理』（世界文化社）
土井勝『日本のおかず五〇〇選』（テレビ朝日事業局出版部）
畑耕一郎『プロのためのわかりやすい日本料理』（柴田書店）
『一流料理長の和食宝典』（世界文化社）
野﨑洋光『和のおかず決定版』（世界文化社）
おいしい和食の会編『和のおかず【決定版】』（家の光協会）
鈴木登紀子『手作り和食工房』（グラフ社）
野口日出子『魚料理いろは』（高橋書店）
『復元・江戸情報地図』（朝日新聞社）
菊地ひと美『江戸衣装図鑑』（東京堂出版）

本書は書き下ろしです。

実業之日本社文庫　好評既刊

倉阪鬼一郎
下町の迷宮、昭和の幻
遠いあの頃が呼ぶ……田端の銭湯、谷中の紙芝居、浅草の漫談師、錦糸町のチンドン屋。下町に恐怖と郷愁が横溢する昭和レトロホラー。（解説・三島政幸）
く41

倉阪鬼一郎
大江戸隠密おもかげ堂　笑う七福神
七福神の判じ物を現場に置く辻斬り。隠密同心を助ける人形師兄妹が、闇の辻斬り一味に迫る。人情味あふれる書き下ろしシリーズ。
く42

倉阪鬼一郎
からくり成敗　大江戸隠密おもかげ堂
人形屋を営む美しき兄妹が、異能の力をもって白昼に起きた奇妙な押し込み事件の謎と、遺された者の心を解きほぐす。人情味あふれる書き下ろし時代小説。
く43

倉阪鬼一郎
料理まんだら　大江戸隠密おもかげ堂
蝋燭問屋の一家が惨殺された。その影には人外の悪しき力が働いているようで…。人形師兄妹が、異能の力で巨悪に挑む！　書き下ろし江戸人情ミステリー。
く44

倉阪鬼一郎
人情料理わん屋
味わった人に平安が訪れるようにと願いが込められた料理と丁寧に作られた器が、不思議な出来事と人の縁と幸せを運んでくる。書き下ろし江戸人情物語。
く45

実業之日本社文庫　好評既刊

倉阪鬼一郎
しあわせ重ね 人情料理わん屋
身重のおみねのために真造の妹の真沙が助っ人に。そこへおみねの弟である文佐も料理の修行にやって来たことで、幸せが重なっていく。江戸人情物語。

く46

倉阪鬼一郎
夢あかり 人情料理わん屋
わん屋へ常連の同心が妙な話を持ち込んだ。盗賊を追い、偶然たどり着いた寂しい感じの小料理屋。そこには驚きの秘密があった!? 江戸グルメ人情物語。

く47

倉阪鬼一郎
きずな水 人情料理わん屋
順風満帆のわん屋に、常連の同心が面白そうな話を持ち込む。ある大名の妙案で、泳ぎ、競馬、駆ける三種を三人一組で競い合うのはどうかと。江戸人情物語。

く48

倉阪鬼一郎
お助け椀 人情料理わん屋
江戸を嵐が襲う。そこへ御救い組を名乗り、義援金を募る僧達が現れる。その言動に妙なものを感じ、正体を探ってみると——。お助け料理が繋ぐ、人情物語。

く49

倉阪鬼一郎
24時間走の幻影
24時間耐久マラソンレース。真夜中になるとコースに怪しさが漂いはじめ、そこに現れたのは……。本格ランナーの著者が描く、不思議で切ない感動ストーリー。

く410

実業之日本社文庫　好評既刊

中得一美
嫁の甲斐性
晴れて年季が明け嫁いだが、大工の夫が大怪我。借金返済のため苦労を重ねる吉原の元花魁・すずの数奇な半生を描き出す。新鋭の書き下ろし新感覚時代小説！

な72

平谷美樹
柳は萌ゆる
幕末、新しい政の実現を志す盛岡藩の家老・楢山佐渡。しかし維新の激動の中、幕府か新政府か決断を迫られる。高橋克彦氏絶賛の歴史巨編。（解説・雨宮由希夫）
ひ53

吉田雄亮
北町奉行所前腰掛け茶屋
北町奉行所の前で腰掛茶屋を開く老主人・弥兵衛は元与力。不埒な悪事を一件落着するため今日も探索へ繰り出し…名物料理と人情裁きが心に沁みる新捕物帳。

よ57

吉田雄亮
北町奉行所前腰掛け茶屋　片時雨
名物甘味に名裁き？　貧乏人から薬代を強引に取り立てる医者町仲間と呼ばれる集まりが。彼らの本当の狙いとは？　元奉行所与力の老主人が騒動解決に挑む！

よ58

吉田雄亮
北町奉行所前腰掛け茶屋　朝月夜
茶屋の看板娘お加代の幼馴染みの女が助けを求めてきた。駆け落ちした男に捨てられ行き場のなくなった女は店の手伝いを始めるが、やがて悪事の影が……!?

よ59

実業之日本社文庫 く411

開運《かいうん》わん市《いち》　新《しん》・人情料理《にんじょうりょうり》わん屋《や》

2022年6月15日　初版第1刷発行

著　者　倉阪鬼一郎《くらさかきいちろう》

発行者　岩野裕一
発行所　株式会社実業之日本社
〒107-0062　東京都港区南青山5-4-30
emergence aoyama complex 2F
電話 [編集]03(6809)0473 [販売]03(6809)0495
ホームページ　https://www.j-n.co.jp/
DTP　ラッシュ
印刷所　大日本印刷株式会社
製本所　大日本印刷株式会社

フォーマットデザイン　鈴木正道(Suzuki Design)

ISBN978-4-408-55731-1（第二文芸）